ANÁLISE DE TEXTO
Método geral e aplicações no direito

Jean-Louis Sourioux
Pierre Lerat

ANÁLISE DE TEXTO
Método geral e aplicações no direito

Tradução
JOANA CANÊDO

Martins Fontes
São Paulo 2002

Esta obra foi publicada originalmente em francês com o título
L'ANALYSE DE TEXTE por Éditions Dalloz S. A., Paris.
Copyright © Éditions Dalloz, 1997.
Copyright © 2002, Livraria Martins Fontes Editora Ltda.,
São Paulo, para a presente edição.

1ª edição
junho de 2002

Tradução
JOANA CANÊDO

Revisão da tradução
Andréa Stahel M. da Silva
Revisão gráfica
Renato da Rocha Carlos
Márcia da Cruz Nóboa Leme
Produção gráfica
Geraldo Alves
Paginação/Fotolitos
Studio 3 Desenvolvimento Editorial

Dados Internacionais de Catalogação na Publicação (CIP)
(Câmara Brasileira do Livro, SP, Brasil)

Sourioux, Jean-Louis
 Análise de texto : método geral e aplicações no direito / Jean-Louis Sourioux, Pierre Lerat ; tradução Joana Canêdo. – São Paulo : Martins Fontes, 2002. – (Ferramentas)

Título original: L'analyse de texte
Bibliografia.
ISBN 85-336-1580-9

1. Análise de textos 2. Direito – Linguagem 3. Direito – Metodologia I. Lerat, Pierre. II. Título. III. Série.

02-2966   CDU-340.113.1

Índices para catálogo sistemático:
1. Análise de textos : Aplicações no direito   340.113.1

Todos os direitos desta edição para o Brasil reservados à
Livraria Martins Fontes Editora Ltda.
Rua Conselheiro Ramalho, 330/340 01325-000 São Paulo SP Brasil
Tel. (11) 3241.3677 Fax (11) 3105.6867
e-mail: info@martinsfontes.com.br http://www.martinsfontes.com.br

Índice

Introdução 1
1. Análise e/ou comentário? 1
2. Texto integral ou fragmento(s)? 2
3. O que é uma análise de texto? 3
   Não é nem uma análise de conteúdo, nem uma análise estilística, nem uma "análise do discurso"
4. Que conhecimentos e competências ela pressupõe? 8
5. Um método para quem? 9

Primeira Parte
MÉTODO GERAL

Procedimento Proposto 13

Primeiro momento: contextualização 16
Segundo momento: levantamento das palavras a sublinhar 17
   Por que sublinhar? 17

O que sublinhar? 18
• Palavras a elucidar 18
• Conceitos-chave 19
Terceiro momento: levantamento da construção do texto 20
• A construção tipográfica 21
• A construção gramatical 21
• A construção lógica 21
Quarto momento: levantamento dos interesses do texto 24
Quinto momento: elaboração do plano de análise 25

ILUSTRAÇÃO 27
Análise de um texto de Montesquieu 27
Contextualização: origem e natureza 29
Levantamento das palavras a sublinhar ... 30
• Palavras a elucidar 30
• Conceitos-chave 31
Levantamento da construção do texto 31
• Construção tipográfica 31
• Construção gramatical 31
• Construção lógica 32
Levantamento dos interesses do texto 32
Elaboração do plano de análise 35
• Primeiro modelo (linear) 35
• Segundo modelo (temático) 36
  1. Primeira proposta 37
  2. Segunda proposta 38

SEGUNDA PARTE
APLICAÇÕES

Capítulo I – Primeiro tipo de texto: a lei.... 45
    Texto de estudo: o artigo 1.341 do Código Civil 45

Capítulo II – Segundo tipo de texto: o decreto 61
    Texto de estudo: artigos R. 132-1 e R. 132-2 anexos ao decreto n.º 97-298 de 27 de março de 1997 relativo ao Código do Consumo (parte regulamentar) 61

Capítulo III – Terceiro tipo de texto: o modelo de ato 75
    Texto de estudo: modelo de ato notarial para contrato de locação com opção de compra de uma casa individual concluída. 75

Capítulo IV – Quarto tipo de texto: o texto doutrinal 91
    Texto de estudo: J.-P. GILLI, "Une remise en cause du droit de propriété", Le Monde, 31 de março de 1976 (seção "Point de vue") 91

Introdução

**1.
Análise e/ou comentário?**

O que se visa nesta obra é o domínio de um tipo de exercício chamado ora análise, ora comentário. Esta dupla denominação reflete ao mesmo tempo, superficialmente, simples hábitos terminológicos (tradições escolares e universitárias) e, mais profundamente, uma oscilação entre dois pólos da reflexão à qual o estudo de um texto pode dar ensejo[1]. Se considerarmos que comentar consiste em adotar um procedimento ao mesmo tempo temático e sintético, acompanhado de uma interpretação mais ou menos livre e mais ou menos

....
1. "Análise: estudo detalhado de qualquer coisa para *dar conta dela*"; "Comentário: exame crítico do conteúdo e da forma de um texto (...) tendo em vista uma *leitura mais penetrante* desse texto" – ("Trésor de la langue française", *Dictionnaire de la langue des XIXe et XXe siècles*).

pessoal, ao passo que uma análise, no sentido etimológico, é sempre a "decomposição de uma coisa em seus elementos"[2], ficará claro que um comentário só é digno de fé quando se baseia numa análise prévia, e que, inversamente, uma análise por demais detalhista passa por ser um comentário mal feito. Nessas condições, convém precisar que a escolha da palavra *análise* não foi feita por exclusão, mas deve ser interpretada como o resultado de uma intenção essencialmente didática: fornecer meios para o estudo do texto segundo etapas previsíveis e ordenadas, ou seja, segundo um método. Em outras palavras, não se trata de escamotear o comentário, mas de fundamentá-lo com rigor; não se trata de excluir o talento e a intuição, mas de admitir que as disciplinas intelectuais, como quaisquer outras, pressupõem um aprendizado. Em matéria de estudo de texto, o comentário está para a análise como as figuras de retórica livres estão para as impostas.

2.
Texto integral ou fragmento(s)?

A noção de texto não pressupõe de maneira alguma uma extensão maior ou menor nem tampouco um caráter de totalidade ou de parte. Ela se

---
2. Ibid., ver Análise, primeiro sentido.

aplica tão legitimamente a uma obra integral (por exemplo um poema, um documento histórico, uma lei etc.), quanto a um excerto, ainda que muito curto (um verso, uma inscrição, um artigo de lei). A questão só pode ser colocada na medida em que, espontaneamente, pode parecer mais natural encontrar em um texto integral a ocasião de um procedimento mais sintético, e, em um fragmento, a de um exame mais analítico. Mas os dois procedimentos devem poder ser aplicados tanto num caso como no outro, pois, em definitivo, é o interesse do texto – "passagem" ou "obra" –, do ponto de vista da cultura geral ou de uma disciplina específica, que justifica um olhar mais ou menos abrangente. Quanto às dimensões dos textos de estudo, elas obedecem a exigências práticas: não seria razoável haver uma desproporção muito grande entre a extensão do texto e a da análise.

3.
O que é uma análise de texto?

As maneiras de abordar um texto são múltiplas, mas, quando metódicas, obedecem a tipos de procedimento que a terminologia usual nas ciências humanas distingue sob as denominações de análise de conteúdo, análise estilística e análise do discurso.

A análise de texto deve ser definida, portanto, em relação a essas práticas estabelecidas, e não a partir da diversidade desnorteante de tipos de exercício utilizados nos exames e concursos e nas doutrinas contidas explícita ou implicitamente nos gabaritos.

À primeira vista, provavelmente é da análise de conteúdo que a noção de análise de texto está mais próxima. Nos dois casos devemos nos prender ao que consideramos o conteúdo essencial, esforçando-nos por encontrá-lo no próprio texto; assim, o cálculo da freqüência e das co-ocorrências[3] de palavras, tal como o praticam sociólogos, historiadores ou filólogos, pode ser uma das vias de acesso às noções-chave. Todavia, o cálculo apenas evidencia as palavras-chave, e não os temas, e menos ainda os interesses científicos. Tendo em vista que a concepção de uma objetividade subjacente ao espírito da análise de conteúdo – tal como se desenvolveu nas ciências humanas desde a Segunda Guerra Mundial[4] – é de tal natureza que ex-

---

3. "Presença simultânea de dois ou mais elementos ou classes de elementos no mesmo enunciado" – (*Dictionnaire Robert*, Supplément s.v.).
4. Ver, em especial, R. ROBIN, *Histoire et linguistique*, A. Colin, Paris, 1973, cap. 3; e J.-C. GARDIN, "L'analyse de contenu", in *Les analyses de discours*, Delachaux et Niestlé, Neuchâtel, 1974, pp. 92-8.

clui toda consideração histórica, psicológica ou sociológica, a contextualização exigida tradicionalmente na análise de texto comporta uma grande diferença em relação a essa maneira de proceder. A análise de texto se aproxima também da análise estilística, uma vez que ambas têm relação com a retórica dos escritos (argumentação, encadeamentos, figuras). Além disso, é interessante introduzir na análise de texto caracterizações em termos de estilos de gênero, quando não de estilos de autor. Por outro lado, cada uma das direções próprias aos estudiosos da estilística impõe uma perspectiva por demais específica para ser privilegiada em uma análise de texto no sentido amplo: ou nos prenderíamos exclusivamente às formas, ou daríamos ênfase à gênese, ou ainda aos efeitos produzidos sobre o leitor[5].

Quando falamos de análise do discurso, evocamos uma realidade muito variável dependendo do sentido que damos ao termo *discurso*. Desde a origem da expressão – traduzida do americano *discourse analysis*, que tinha um sentido rigoroso para o lingüista Z. Harris em um artigo de 1952[6] –, o que não foi considerado como "análise do discurso"? De procedimento formal destinado a es-

....
5. Ver, em especial, P. GUIRAUD e P. KUENTZ, *La stylistique*, Klinsksieck, Paris, 1970.
6. Traduzido para o francês com o título "Analyse du discours", no nº 13 da revista *Langages* (1969).

tabelecer mecanicamente equivalências entre enunciados, passamos gradualmente a um exame das marcas de enunciação[7], depois a uma "tipologia articulada das condições de produção sócio-históricas"[8], com a dupla conseqüência de que o "discurso político" se tornou o campo de aplicação quase exclusivo e o marxismo o lugar de articulação privilegiado da linguagem e da ideologia. Mas os desvios semânticos que afetam o *discurso* não estão sós em causa: a história da análise do discurso, no sentido mais amplo, reflete, há um quarto de século, a evolução das ciências da linguagem, redundando em uma colcha de retalhos metodológica em que a lexicometria[9] e a semiologia[10] aproximam-se das análises ditas "estruturais"[11], depois

....
7. Ver J. DUBOIS, "Énoncé et énonciation", *Langages*, n° 13.
8. Segundo a expressão de D. MAINGUENEAU em seu *Initiation aux méthodes de l'analyse du discours*, Hachette, Paris, 1976, p. 20.
9. Estudo de vocabulário utilizando o cálculo estatístico (como J.-M. COTTERET, C. EMERI, J. GERSTLÉ e R. MOREAU em *Giscard-Mitterrand: 54.774 mots pour convaincre*, P.U.F, Paris, 1976), os levantamentos de co-ocorrências (ver M. DEMONET, A. GEFFROY, J. GOUAZÉ, P. LAFON, M. MOUILLAUD e M. TOURNIER, *Des tracts en mai 68. Mesures de vocabulaire et de contenu*, reeditado por Champ libre, Paris, 1978) e/ou as análises fatoriais de correspondências (como A. PROST em *Vocabulaire des proclamations électorales de 1881, 1885, 1889*, P.U.F., Paris, 1974).
10. Estudo dos "códigos" de leitura, especialmente em literatura (ver R. BARTHES, *S/Z*, Éditions du Seuil, Paris, 1970).
11. Tais como *L'essai d'analyse structurale du Code civil français*, de A.-J. ARNAUD, L.G.D.J., Paris, 1973.

as "sociolingüísticas"[12] e, mais recentemente, a "gramática de texto"[13]. Tudo o que podemos dizer, no que se refere às relações entre a análise de texto tradicional e a "análise do discurso", é que a segunda tende a fazer a primeira aparecer como mais intuitiva, menos "científica"[14], sem eliminar todavia – pelo contrário – os *a priori* ideológicos e as interpretações individuais. Até que surjam novas evidências, a análise do discurso não é nada mais do que uma análise de texto particular: um esforço para fundamentar interpretações sobre dados formais, com o risco de um comentário demasiado pobre (limitado a um inventário de fa-

---

12. Ver, especialmente, J.-B. MARCELLESI, *Le Congrès de Tours*, Le pavillon Roger Maria, Paris, 1971.
13. Apresentada por D. MAINGUENEAU em seu *Initiation...*, *op. cit.*, pp. 151-82.
14. "Assistimos (...) há alguns anos a uma verdadeira explosão de análises de todo tipo – narrativa, estrutural, semiológica, documentária, temática etc. – aplicadas a categorias de 'discurso' igualmente variadas: mitos, narrativas, textos literários, textos científicos, notas biográficas, notícias de jornal e muitas outras. O objetivo comum desses empreendimentos, pelo que percebemos, é o de extrair a significação de documentos escritos de uma maneira mais técnica, menos livre que na prática tradicional da explicação de textos. Alguns não hesitam em falar de métodos *científicos* a propósito de tais exercícios." – (J.-C. GARDIN, *op. cit.*, p. 7).
Um dos fundamentos "científicos" da análise "do" discurso foi procurado, recentemente, "na" (?) lingüística do discurso. Ver, principalmente, A.-J. ARNAUD, "Du bon usage du discours juridique", *Langages*, nº 53, março de 1979 (*Le discours juridique: analyses et méthodes*), pp. 117-24.

tos de expressão) ou, ao contrário, o de ver sentido em tudo, em função das hipóteses de leitura do analista[15].

**4.
Que conhecimentos e competências
ela pressupõe?**

Qualquer que seja a diversidade das denominações – análise de texto, comentário, apresentação oral do texto etc. – e a das situações – concurso público ou prova de aptidão e conhecimento nas U.F.R.* jurídicas e literárias –, a formação geral faz parte das qualidades exigidas em primeiro lugar. Mesmo quando se trata da aprendizagem de uma disciplina, a contextualização do texto e a consciência dos interesses variados que ele pode apresentar necessitam de um pano de fundo cultural. Equivale a dizer que o psitacismo é totalmente inoperante, assim como a aplicação trabalhosa de receitas pretensamente universais. Se o domínio do exercício não se adquire sem uma

....
15. Ver a advertência de G. MOUNIN em seu livro *Linguistique et philosophie* (P.U.F., Paris, 1975), em particular no capítulo intitulado "Du bon usage du concept de communication dans les sciences du droit".
* U.F.R.: *Unité de formation et de recherche* [unidade de formação e pesquisa]. Um dos tipos de estabelecimento de ensino superior na França. (N. da T.)

prática específica e repetida, esta última depende de uma técnica ao mesmo tempo regulada e individualizada: literalmente um procedimento, uma progressão, uma "abordagem" pessoal. É preciso, ainda, ter à sua disposição os instrumentos de trabalho. Ora, supondo que o aprendizado de lógica e de retórica tenha tido, no ensino secundário, o lugar de destaque que, na nossa opinião, deveria ter, a análise de texto é geralmente tratada nos dias de hoje como o primo pobre na universidade, em particular e curiosamente nos estudos jurídicos[16].

**5.
Um método para quem?**

Este manual visa ajudar um leitor definido pelo que precede, ou seja, que, em resumo:
– não é um virtuose das "figuras de retórica impostas";
– deve discorrer sobre o teor e o interesse de textos e documentos;
– é levado a fazê-lo seja a título de controle contínuo de aptidão e conhecimentos, em forma-

....
16. As apostilas de exercícios que comportam análise de texto merecem ser especialmente assinaladas, em particular as obras publicadas nas coleções "Travaux pratiques" (Sirey) e "Nouveau guide des exercises pratiques" (Montchrestien).

ção universitária inicial ou contínua, seja como candidato a um exame ou concurso que exigem um estudo de texto, oral ou escrito. Quer dizer que o método geral é considerado aqui como uma *condição prévia inevitável* à qual o não-jurista poderá se ater, mas de que o jurista não pode fazer economia, sob pena de ter uma visão fragmentária da segunda parte, que é um esforço de aplicação, ou seja, de adaptação necessária, de pertinência disciplinar, e não uma soma de desvios em relação a um método geral que seria honrado em um primeiro momento e negligenciado no momento seguinte.

A análise de texto não é própria a nenhuma disciplina. E isso é precisamente o que lhe permite elucidar a especificidade de cada disciplina.

Primeira Parte
MÉTODO GERAL

Procedimento proposto

Qualquer que seja a disciplina a que pertença um texto, o analista é conduzido a questões cuja universalidade e permanência mostram que elas obedecem a uma lógica natural. Um interesse atento e prolongado por qualquer tipo de texto leva, cedo ou tarde, numa ordem em geral variável e contingente, a levantar questões que podem ser resumidas de uma forma gramatical bem geral do tipo: quem, quando, onde, o quê, por quê, como, para quem etc.

Nessas condições, o interesse principal de utilizar um método consiste na elaboração de um modelo preciso e que possa ser repetido. Trata-se, antes de tudo, de dar um conteúdo previsível a cada uma dessas expressões interrogativas, levando em conta a natureza e os objetivos do exercício considerado, e então ordenar as questões para passar das considerações prévias às implicações e às conseqüências.

Indo do mais externo, que é também o mais

objetivo, aos fundamentos da interpretação, que suscitam mais dúvidas, podemos examinar os tipos de questões possíveis independentemente da natureza dos textos, atribuindo uma letra entre parênteses a cada elemento de resposta:

– **Quando?**

A data (*a*) não é forçosamente essencial em si mesma, mas uma *contextualização* ganha se comportar ao menos um mínimo de cronologia relativa.

– **Onde?**

Trata-se aqui essencialmente do contexto (*b*) estreito, mas também do meio social, profissional, disciplinar (*c*) e até mesmo da natureza do suporte (*d*) utilizado (artigo de revista ou de jornal, obra didática ou normativa, documento de profissional ou tese etc.).

– **O quê**

O conteúdo não é um dado empírico, mas se constrói segundo conhecimentos de caráter cultural (*e*) e também, especialmente na universidade, sobre os conceitos-chave das disciplinas (*f*) sem os quais o texto seria opaco.

– **Quem?**

Sem radicalizar a questão de saber "quem fala" em um texto, é útil ter em mente que a identidade do autor ou dos autores (*g*) é sempre útil. Contudo, pode acontecer que a importância da função prevaleça sobre a do indivíduo.

– **Por quê?**

É preciso distinguir a parte de resposta a uma problemática (*i*) imposta pelas realidades da imposta pelas intenções (*h*) que podemos racionalmente atribuir a uma vontade.

– **Como?**

A "forma" de um texto é antes de tudo um tipo de escrito (*j*), em seguida um modo de construção (*k*) e, finalmente, no nível do detalhe da expressão, um estilo.

– **Para quem?**

O público visado (*l*) influencia o modo de abordar o assunto. Além disso, para o analista é freqüentemente necessário considerar o alcance do texto (*m*) para além dos destinatários imediatos, sobretudo quando se trata de questões de interesse geral.

A partir desse inventário, que não visa à originalidade, mas que, ao contrário, é destinado a permitir que não se esqueça de nada do que tradicionalmente levamos em consideração neste exercício, é possível propor um procedimento ordenado cronologicamente: não apenas dos elementos, mas dos momentos do processo.

PRIMEIRO MOMENTO: CONTEXTUALIZAÇÃO

A *contextualização* por si só constitui legitimamente uma primeira investigação cuja matéria é feita de informações que é sempre útil reunir, e que podem ser determinantes para a interpretação do texto. Trata-se da data (*a*) e do autor (*g*) no sentido amplo, do suporte (*d*), considerado como conjunto textual, do tipo de escrito (*j*), do contexto (*b*) no sentido lingüístico, ou seja, a localização precisa de um trecho no conjunto, e, finalmente, os tipos de conhecimento pressupostos ao leitor (*c, e*).

Se agruparmos sob o item *origem* a data e as indicações referentes ao que podemos saber do autor ou autores, e se chamarmos de *natureza* as informações sobre o suporte, o tipo de escrito, o contexto lingüístico e os conhecimentos pressupostos, a contextualização poderá ser resumida no quadro abaixo:

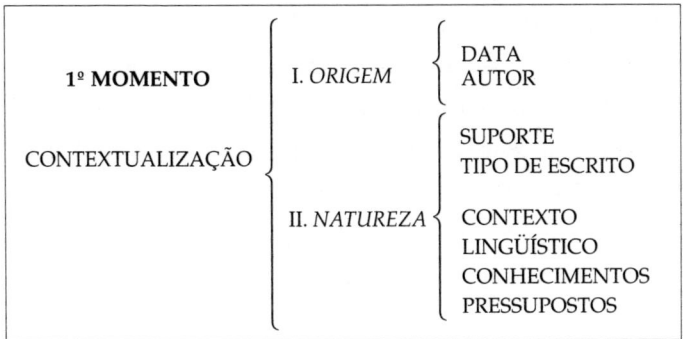

O primeiro momento constitui assim um tipo de fase preliminar sem a qual o estudo seria temerário. Os outros não são da mesma natureza: já não se trata de pré-requisitos, mas de uma divisão interna da análise propriamente dita. Propomos uma divisão que vai de uma leitura referente ao vocabulário (palavras a sublinhar) a uma interpretação global, passando pela estrutura lógica do texto, tal como ela pode ser deduzida de sua construção. Somente depois dessas etapas será o momento de passar à elaboração do plano de análise em si.

SEGUNDO MOMENTO: LEVANTAMENTO DAS PALAVRAS A SUBLINHAR

– Por que sublinhar?

Sublinhar não é apenas uma tendência usual a circunscrever, delimitar, demarcar espaços textuais numa espécie de tentativa de dominação, captação, apropriação sobre a qual o psicólogo e o semiólogo teriam provavelmente algo a dizer: é também uma comodidade real, por menos que utilizemos esse recurso com discernimento. É, com efeito, um bom meio de materializar o acesso a algumas significações durante a primeira leitura: o sublinhado já é uma "marca" pessoal.

– **O que sublinhar?**
O que apresentar um interesse particular para a compreensão do texto. Pode se tratar de palavras ou de idéias. De fato, o leitor não distingue espontaneamente essas duas realidades e, entretanto, cada uma corresponde a um nível diferente de leitura: a primeira diz respeito à elucidação; a segunda, à apreensão do conteúdo essencial.

• Palavras a elucidar

Como é sempre perigoso supor que compreendemos o essencial, mesmo que o detalhe escape aqui ou ali, é prudente fazer um esforço de reflexão sobre as palavras cujo sentido não temos certeza de que dominamos, seja porque ele mudou ao longo da história, seja porque o termo pertence a uma área do conhecimento estranha a nossa própria cultura[1].

---
1. Assim, o leitor não-filósofo corre o risco de ficar confuso quando encontra a palavra *ontogenia* em *Le hasard et la nécessité*, de

Método geral \ 19

Um outro caso a considerar é aquele em que uma expressão é utilizada com um valor particular, metafórico² ou alusivo³. Especialmente quando uma palavra pode *a priori* ter vários sentidos, pode ser necessário afastar imediatamente toda ambigüidade com relação a ela, especialmente quando o contexto não é suficientemente esclarecedor.

• Conceitos-chave

É de praxe em documentação e em análise de conteúdo chamar de palavras-chave os termos que têm uma importância particular em razão de sua freqüência no texto. O emprego deste vocábulo é mais usual do que o de conceito-chave; mas não vejamos uma simples afetação por parte dos autores no recurso a este último: trata-se, aqui, de pri-

....
J. MONOD; da mesma forma, uma expressão como *catharsis*, utilizada por um escritor político, remete a uma cultura clássica.
2. As diversas áreas do conhecimento são, umas para as outras, um reservatório de imagens. Por exemplo, um jornalista da área de ciência fala de "moratória da ciência" e um sociólogo de "alquimia ideológica".
3: Um nome geográfico pode estar carregado de história, e a cultura política contemporânea, por exemplo, consiste em parte em conhecer o conteúdo implícito de expressões tais como "tratado de Yalta", "discurso de Brazzaville" ou "conferência de Lomé"; da mesma forma, os termos derivados de nomes próprios são tão herméticos quanto as siglas aos não-iniciados: tal é o caso de *stakhanovismo* e de *taylorismo*, entre outros.

vilegiar as noções capitais no âmbito de uma disciplina dada, para além da diversidade de suas formulações.

Na prática, a palavra a elucidar aparece só e chama a atenção por si só; em contrapartida, o conceito-chave aparece em um número variável de termos ligados tematicamente.

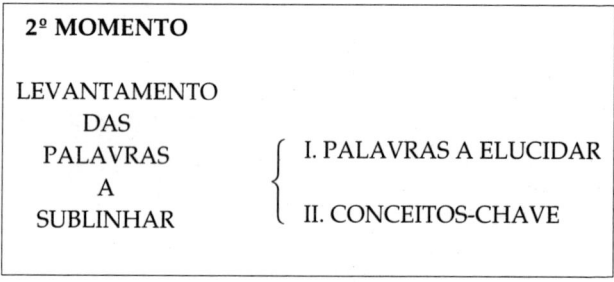

2º MOMENTO

LEVANTAMENTO
DAS
PALAVRAS   I. PALAVRAS A ELUCIDAR
A
SUBLINHAR   II. CONCEITOS-CHAVE

TERCEIRO MOMENTO: LEVANTAMENTO DA CONSTRUÇÃO DO TEXTO

A noção de construção do texto não se confunde com a de "plano" da análise. Este último segue um desenvolvimento conforme aos interesses principais levantados pelo analista, enquanto a construção do texto é obra do próprio autor. Nem por isso a construção é um dado bruto que se observaria ingenuamente, pois ela pode repousar sobre critérios totalmente heterogêneos: tipográficos, gramaticais e lógicos.

Assim, o analista deve levar em conta:

- A construção tipográfica

    Entendemos com isso as aberturas de parágrafo, essencialmente. O número de parágrafos é freqüentemente um indício interessante da divisão do conteúdo. Quando há poucos, esse pequeno número pode refletir uma concentração da matéria tratada em alguns pontos fortes claramente distintos; se, ao contrário, a composição é menos concentrada, é preciso estar particularmente atento aos encadeamentos.

- A construção gramatical

    As palavras de ligação são a maneira usual de materializar o "fio do texto"; pode acontecer que este permaneça puramente implícito, mas em geral um texto é balizado por conjunções de coordenação, adversativas ou aditivas. Trabalharemos igualmente com as modalidades da enunciação, em especial, no caso dos textos jurídicos, as marcas normativas (*dever, poder* etc.).

- A construção lógica

    A passagem de um modo de raciocínio para outro é, mais ainda, um importante indicador da organização do conteúdo, mas é preciso ser capaz de reconhecer os tipos de argumento empregados, pois eles nem sempre são identificáveis de maneira tão imediata quanto as ferramentas gramaticais. Para nos limitarmos ao quadro da tópica aristotélica, que há muito forneceu um inventário mínimo dos argumentos (ou "lugares") de uso universal, citemos os mais conhecidos, que têm mais chances de ser encontrados em um texto que desenvolve uma argumentação (demonstração ou refutação), sem esquecer que a escolha das proposições sobre as quais repousa o raciocínio é por si só uma operação lógica (definição, postulado, asserção etc.). As relações entre as proposições, quando rigorosas, são de natureza *dedutiva*. Se é absolutamente excepcional que se apresentem como um silogismo em boa e devida forma, elas podem não obstante resultar de uma *implicação lógica*. Os casos mais conhecidos desta última são as linhas de raciocínio *a fortiriori* e *a contrario*. No segundo caso, em vez de proceder segundo o modo do "se... então", vai-se de "se não" a "então não" (exemplo: "Se esta figura não é um quadrado, então ela não tem quatro lados iguais."). No primeiro caso distinguimos a graduação do mais ao menos ("quem pode o mais pode o menos") e do menos ao mais ("ladrão de tostão, ladrão de milhão"). O último exemplo mostra que a verdade das deduções do senso comum é duvidosa nos provérbios, mas isso acontece toda vez que se trata de persuadir, ou seja, em qualquer discurso argumentativo. Por isso mesmo, as especulações sobre as *causas* e sobre os *efeitos* não ultrapassam o nível do verossímil, lugar das *inferências empíricas*. Assim, "onde há fumaça há fogo" é o próprio tipo da causa simplesmente provável. Da mesma forma, a expressão da conseqüência sob a forma de provérbio ("quem tem terra tem guerra") ou *slogan* ("quando os pais bebem, os filhos brindam") mostra suficientemente a legitimidade da dedução dialética e, ao mesmo tempo, seus limites.

O procedimento indutivo por excelência, na argumentação, é a linha de raciocínio por *analogia*, que permite uma generalização ao se aplicar a um novo objeto uma afirmação reconhecida como verdadeira quando aplicada a um outro objeto. Um bom exemplo é o citado por Aristóteles: "Se, àqueles que cuidaram mal dos cavalos de outros, não confiamos os nossos, àqueles que fizeram naufragar os navios de outros, não confiamos nossos próprios navios, não podemos, se acontece do mesmo modo em todos os casos, entregar àqueles que guardaram mal o território de outros a defesa do nosso."[4] A indução também pode tomar a forma da demonstração por acúmulo de *exemplos* –

---

4. ARISTÓTELES, *Rhétorique*, livro II, trad. fr. de M. Dufour, Paris, 1967, pp. 119-20.

todos favoráveis – e é o que às vezes torna o procedimento suspeito: assim, não provamos que todos os povos honram os sábios quando enumeramos casos variados e ilustres, mas favorecemos muito a adesão do público a esta idéia.

3º MOMENTO

LEVANTAMENTO DA CONSTRUÇÃO DO TEXTO	I. CONSTRUÇÃO TIPOGRÁFICA II. CONSTRUÇÃO GRAMATICAL III. CONSTRUÇÃO LÓGICA

QUARTO MOMENTO: LEVANTAMENTO DOS INTERESSES DO TEXTO

O texto não deve ser pretexto para uma:
1. exposição ostentatória de conhecimentos livrescos (tendência à recitação de uma "questão de aula");
2. seleção de trechos do texto dispostos um após o outro (tendência à repetição);
3. elucidação trabalhosa de idéias formuladas de maneira suficientemente explícita no texto (tendência à paráfrase).

O levantamento dos interesses do texto é menos uma fase inteiramente nova do que a conclusão dos três primeiros momentos. Com efeito, ela é guiada ao mesmo tempo pela origem e natureza do texto, por seus conceitos-chave e pela construção lógica. Todavia, o interesse é uma noção relativa, no sentido de que depende do analista e da ótica que ele é levado a adotar em função do contexto científico ou do tipo de exame a ser realizado; pode acontecer que um único texto se preste ao mesmo tempo a um comentário histórico, jurídico e filosófico, por exemplo, mas isso é, em geral, excepcional. Além disso, a expectativa será diferente se o analista estiver diante de um exame de cultura geral ou de conhecimentos especializados.

QUINTO MOMENTO: ELABORAÇÃO DO PLANO DE ANÁLISE

A exigência tradicional de formulação concisa de um plano se justifica plenamente se o que se espera é que o exercício seja um revelador da capacidade de:

– extrair o *essencial* com a ajuda de *itens*, ou seja, de grupos de palavras pertinentes por sua densidade, até mesmo por seu impacto (o que exclui a redação de frases gramaticalmente completas);

– encontrar um princípio de divisão "sob medida", ou pelo menos o mais adequado em matéria de "pronta entrega"[5];

....
5. O "plano padrão" geralmente é escolhido na falta de algo melhor, porque dá a impressão de segurança por seu caráter qua-

– sintetizar os interesses do texto tais como resultam do trabalho preliminar (e não *de a priori*);
– ordenar a matéria do comentário em função dos interesses do texto, quer eles apareçam sucessivamente (o que justifica um *plano linear*), quer resultem de uma divisão da matéria (então, um *plano temático*).

....
se disciplinar. Assim, às vezes é muito cômodo, para o jurista, prender-se a uma divisão entre condições e efeitos; da mesma forma que, para o literato, é tentador (mas perigoso) distinguir a forma do conteúdo etc.

Ilustração

Análise de um texto de Montesquieu (*O espírito das leis*, livro VI, cap. 16, Martins Fontes, 2000, pp. 100-2).

TEXTO

CAPÍTULO XVI. *Da justa proporção entre as penas e os crimes*

É essencial que as penas se harmonizem, porque é essencial que se evite mais um grande crime do que um crime menor, aquilo que agride mais a sociedade do que aquilo que a fere menos.

"Um impostor[1], que dizia ser Constantino Ducas, provocou um grande levante em Constantinopla. Foi preso e condenado ao açoite; mas, tendo ele acusado pessoas con-

---
1. *História* de Nicéforo, patriarca de Constantinopla.

sideráveis, foi condenado, como caluniador, a ser queimado." É singular que se tenham assim proporcionado as penas entre o crime de lesa-majestade e o de calúnia. Isso lembra um dito de Carlos II, rei da Inglaterra. Ele viu, enquanto passava, um homem no pelourinho; perguntou por que ele estava lá. "Senhor", disseram-lhe, "é porque escreveu libelos contra seus ministros." – "Grande bobo", disse o rei, "por que não os escreveu contra mim? Não lhe teriam feito nada."

"Setenta pessoas conspiraram contra o imperador Basílio[2]; ele mandou açoitá-las; queimaram seus cabelos e seus pêlos. Tendo-o um cervo apanhado pelo cinto com sua galhada, alguém de seu séquito sacou da espada, cortou o cinto e o libertou; ele mandou que lhe cortassem a cabeça, porque tinha, dizia ele, puxado a espada contra sua pessoa." Quem poderia pensar que, sob o mesmo príncipe, fossem feitos estes dois julgamentos?

É um grande mal, entre nós, fazerem sofrer a mesma pena aquele que rouba nas estradas e aquele que rouba e mata. É claro que, para a segurança pública, deveria ser colocada alguma diferença na pena.

Na China, os ladrões cruéis são cortados em pedaços[3], os outros não: esta diferença faz com que se roube, mas não se assassine.

Na Moscóvia, onde as penas dos ladrões e dos assassinos são as mesmas, continua-se assassinando[4]. Os mortos, dizem, não contam nada.

....
2. *História* de Nicéforo.
3. Du Halde, t. I, p. 6.
4. *Estado presente da grande Rússia*, de Perry.

Quando não há nenhuma diferença na pena, deve-se colocar essa diferença na esperança de perdão. Na Inglaterra, não se assassina, porque os ladrões podem ter a esperança de serem levados para as colônias, e não os assassinos. As cartas de indulto são um grande recurso dos governos moderados. Este poder de perdoar que o príncipe possui, executado com sabedoria, pode ter efeitos admiráveis. O princípio do governo despótico, que não perdoa e nunca é perdoado, priva-o destas vantagens.

PRIMEIRO MOMENTO:
CONTEXTUALIZAÇÃO

I.
Origem
– data: 1748.
– autor[5]: Montesquieu[6].

II.
Natureza

– suporte: *O espírito das leis*.

....
5. Aqui, essa denominação é conforme à tradição mais escolar; por extensão, mantivemos o mesmo termo, que é cômodo, quando se trata de uma fonte anônima ou coletiva.
6. A escolha de Montesquieu vem da preocupação em ilustrar o método com a ajuda de um texto suscetível de ser submetido indiferentemente a estudantes de direito, literatura, história, sociologia ou ciência política.

– tipo de escrito: obra filosófica.

– contexto: livro VI, intitulado "Conseqüências dos princípios dos diversos governos em relação à simplicidade das leis civis e criminais, à forma dos julgamentos e ao estabelecimento das penas";

– conhecimentos pressupostos: noções de
• história das idéias,
• história das instituições e dos fatos sociais,
• história do direito,
• sociologia.

**SEGUNDO MOMENTO: LEVANTAMENTO
DAS PALAVRAS A SUBLINHAR**

**I.
Palavras a elucidar**

A data do texto impõe uma atenção especial às palavras que podem ter mudado de sentido e às realidades que desapareceram. É o caso de:
– *crimes* (sentido latino de *crimen*, "acusação");
– *ferir*: (no orig. fr., *choquer* = "agir contrariamente a") (*Littré*);
– *açoitar*: no sentido etimológico, ou seja, "chicotear" (*Littré*);
– *levados* (em fr., *transportés*) *para as colônias*: no século XVIII, "a *transportation*, seja perpétua seja temporária, é uma pena prevista pelo direito penal. O *transporté* é obrigado a executar trabalhos

'forçados' de colonização" (R. L. WAGNER, *Les vocabulaires français*, vol. II, 1970, p. 144).

II.
Conceitos-chave

O título, "Da justa proporção entre as penas e os crimes", expressa os conceitos-chave do capítulo, à exceção de "perdão".

TERCEIRO MOMENTO: LEVANTAMENTO DA CONSTRUÇÃO DO TEXTO

I.
Construção tipográfica

Apesar da brevidade, o texto comporta nove parágrafos: quer dizer que a divisão do conteúdo essencial deve ser procurada em outro lugar.

II.
Construção gramatical

A ausência total de articulação gramatical no início de cada parágrafo mostra que o raciocínio permanece em parte implícito, por isso a importância fundamental, neste caso, do exame da argumentação.

III.
Construção lógica

1. O primeiro parágrafo apresenta como um postulado o que aparecerá mais adiante como a conclusão de uma indução a partir de exemplos: "É essencial que as penas se harmonizem", ou seja, que sejam proporcionais à gravidade das infrações.
2. Os seis parágrafos seguintes introduzem seis exemplos variados no tempo e no espaço para demonstrar melhor a tese.
3. Os dois últimos parágrafos reproduzem o mesmo procedimento que os sete primeiros: uma proposição de alcance geral ("Quando não há diferença na pena, deve-se colocar essa diferença na esperança de perdão") é extraída da experiência (inglesa).

QUARTO MOMENTO: LEVANTAMENTO DOS INTERESSES DO TEXTO

A priori, esta página de Montesquieu apresenta interesses múltiplos e multidisciplinares. Convém recenseá-los a partir dos conhecimentos pressupostos (cf. 1º momento), dos conceitos-chave (cf. 2º momento) e da construção lógica (cf. 3º momento). Em seguida, convém focalizar a análise sobre o(s) interesse(s) dominante(s), segundo as perspectivas (cf. nota 2).

Assim, a data do texto convida a uma análise de caráter histórico. A história tem aqui interesse a um duplo título: não somente ela é utilizada por Montesquieu como fonte de exemplos destinada a sustentar a argumentação, mas também, e sobretudo, o texto só é plenamente compreendido se relacionado aos problemas da época (absolutismo real e caráter arbitrário do direito penal). Ele faz eco a outras passagens do *Espírito das leis*, mas também, de maneira mais geral, a debates de idéias alimentados pela sedução da Inglaterra ao mesmo tempo que por um questionamento sobre os valores e a nacionalidade das instituições (cf. Voltaire, notadamente). Em particular, a própria idéia de justa proporção pode ser relacionada às preocupações da filosofia das "luzes" tal como se manifesta, um pouco mais tarde, na *Enciclopédia*.

Da mesma forma, a noção de "justa proporção" é menos carregada de um julgamento moral do que de uma preocupação com a racionalidade. Esta preocupação com uma justiça que castigaria à proporção do prejuízo causado à sociedade anima, no século XVIII, uma reflexão que encontra sua sistematização em um discípulo de Montesquieu, Beccaria, autor do *Traité des délits et des peines* (1764) que abre caminho para o direito criminal moderno[7].

....
7. Ver, especialmente, G. STÉFANI, G. LEVASSEUR e B. BOULOC, *Droit pénal général*, Dalloz, 1984, pp. 78-9.

A idéia de que a pena deve ser "análoga ao crime" é desenvolvida nessa obra onde também encontramos a opinião do autor sobre a graça, apresentada ao mesmo tempo como "uma das mais belas prerrogativas do trono"[8], e uma "desaprovação tácita das próprias leis"[9]. Os conceitos-chave da passagem de Montesquieu são portanto conceitos em torno dos quais estava se cristalizando uma corrente de pensamento jurídico internacional.

No que se refere à construção do texto, vimos (3º momento) como é articulado o pensamento do ponto de vista lógico. Pode ser igualmente interessante observar a organização literária do discurso, com sua sábia mistura de descrição no presente, de narrativa e de raciocínio. O leitor moderno pode também apreciar a maneira como a reflexão sobre o direito se apóia sobre uma vasta cultura geral em uma época em que a especialização, longe de se desenvolver de encontro ao humanismo, era apenas seu exemplo particular.

....
8. C. BECCARIA, *Traité des délits et des peines* (1764), 3ª ed., Philadelphie, 1775, p. 68. Trad. bras. *Dos delitos e das penas*, Martins Fontes, São Paulo, 1991.
9. Ibid., pp. 72-3.

Método geral \ 35

QUINTO MOMENTO: ELABORAÇÃO DO PLANO DE ANÁLISE

A fim de evidenciar o fato de que nunca há uma única possibilidade de plano de análise, mas, ao contrário, ele sempre procede de uma ênfase particular sobre a matéria a apresentar, pareceu útil propor uma série *não-exaustiva* de planos possíveis que sejam o resultado de um privilégio concedido ao mesmo tempo:

1º ao ponto de vista imposto pelos conhecimentos envolvidos na natureza do exame (no caso de um exame de cultura geral escrito ou oral, evitaremos nos conformar aos limites de uma disciplina exclusiva);

2º a um desenvolvimento linear ou temático (cf. *supra*, p. 20).

Primeiro modelo (linear)

O texto se presta a uma divisão em quatro partes:

1. A primeira é feita das linhas 1 a 4 nas quais é enunciado o princípio geral. É aí que Montesquieu toma partido por uma concepção de justiça fundada sobre o respeito da ordem pública.

2. A segunda, inteiramente narrativa, ilustra a legitimidade desse princípio com a ajuda de

exemplos extraídos da história universal (parágrafos 2 a 5).

3. A terceira, que é descritiva, apresenta um estado presente comparativo da justiça penal e de suas conseqüências em uma amostragem geográfica (parágrafos 6 e 7).

4. A quarta é dedicada ao exame dos efeitos de um paliativo que deriva de uma racionalidade jurídica bem diferente: já não se trata de um prospecto, mas de uma possibilidade que o modelo jurídico em vigor oferece, a da graça.

Este esquema geral deverá ser justificado na introdução pelo respeito à construção do texto. Quanto à conclusão (se for elaborada alguma, segundo um hábito difundido nos exames de cultura geral), ela poderá se centrar na ressonância posterior dessa página (especialmente em Beccaria ou, nos dias de hoje, nos debates sobre a repressão da criminalidade, o direito de graça etc.), numa reflexão geral sobre os fundamentos da justiça ou numa caracterização do estilo filosófico do século XVIII a partir desse texto (no caso de um exame de caráter "literário", ou seja, o de "explicação de texto" em cursos de letras).

Segundo modelo (temático)

Dado que o plano de análise não se confunde com a divisão do texto, ele pressupõe um recuo

Método geral \ 37

maior ou menor em relação a este último. Assim, neste caso, é possível desenvolver e exemplificar a idéia condensada no título do capítulo ou ampliar o debate concentrando-se no momento da reflexão de Montesquieu na história das idéias, caso em que prevalece o aspecto "comentário". Daí as duas propostas que seguem:

PRIMEIRA PROPOSTA

Introdução: enfatizar os conceitos-chave.

I. *Os inconvenientes para a segurança pública da ausência de uma justa proporção entre as penas e o crime:*

– caso de proporção absurda: as três histórias que encontramos nos parágrafos 2, 3 e 4 são exemplos de aberrações ligadas ao arbítrio;
– caso de indistinção perigosa: a comparação implícita com a situação da Moscóvia (§ 7) é um convite para medir os riscos em que a "segurança pública" na França incorre uma vez que não é feita uma diferença entre o castigo para o roubo e para o assassinato.

II. A solução racional: uma legislação dissuasiva

– Essa solução é inspirada pelo princípio formulado no primeiro parágrafo: "é essencial que se evite mais um grande crime do que um crime menor, aquilo que agride mais a sociedade do que aquilo que a fere menos".
– Sua pertinência se deduz *a contrario* de todos os exemplos pré-citados.
– É ilustrado empiricamente pela realidade chinesa.

*III. Uma solução comprovada:
a prática do direito de indulto*

A evocação da Inglaterra não é destinada a evidenciar um contraste entre este país e a França, ao contrário é feita para lembrar a esta todo o partido que pode tirar, a exemplo de sua vizinha, de uma prerrogativa régia que as duas têm em comum.

SEGUNDA PROPOSTA

Se quisermos dar à análise uma dimensão ao mesmo tempo filosófica e histórica, será necessário que a introdução se refira particularmente ao lugar ocupado por Montesquieu na corrente de idéias de que ainda somos parcialmente herdeiros. Mais precisamente, vemo-lo aqui entre duas concepções de justiça penal que ainda subsistem:

I. Concepção filosófica

Montesquieu se exprime como filósofo, e como filósofo do século XVIII, uma vez que sua preocupação dominante aparece como sendo a de uma maior racionalidade. Ele espera de uma legislação penal duas características rigorosas, até mesmo científicas: a coerência das disposições e a previsibilidade da aplicação. Nesse sentido, ele é definitivamente o precursor de Beccaria, se não de todo o empreendimento de codificação ulterior.

Vale notar, por outro lado, que a perspectiva do autor, aqui, não é a do humanista que, no capítulo seguinte, escutará a "voz da natureza" insurgir-se contra a tortura. Tampouco é a do relativista que, no domínio político, acha que os regimes variam necessariamente segundo o clima e os costumes: muito pelo contrário, se leva em consideração a diversidade histórica e geográfica, é para mostrar a universalidade da exigência de uma justa proporção entre as penas e os crimes.

II. Concepção realista

Ao mesmo tempo, o autor manifesta preocupações de sociólogo e de pensador político que o levam a fundamentar sua solução jurídica no interesse da sociedade entendido como a salvaguarda de sua integridade. É com esse espírito que ele é levado, no final do texto, a tratar do perdão, que não está absolutamente em questão na formulação do título do capítulo, mas que parece estar em seu lugar se consideramos que, precisamente, a justa proporção das penas em relação ao crime é apenas um dos meios, certamente o melhor, mas não o único, de operar um efeito dissuasivo no corpo social.

Deve-se notar que a função do indulto presidencial, atualmente, é sensivelmente diferente da prática monárquica inglesa do século XVIII tal como descrita por Montesquieu: em um sistema de legalidade, e não mais de justiça dispensada, o indulto é o último recurso contra uma decisão de justiça; por outro lado, a esperança de obtê-lo continua a fazer parte das características de um governo moderado no sentido de Montesquieu.

Segunda Parte
APLICAÇÕES

Em uma obra metodológica, o essencial não é oferecer uma amostra exaustiva dos objetos de estudo. Portanto, não encontraremos aqui uma dosagem judiciosa de textos representativos da diversidade das disciplinas jurídicas, mas antes exemplos de *tipos de escrito*. Nessas condições, que o leitor não se surpreenda com a predominância do direito privado: ela indica apenas a especialidade profissional de um dos co-redatores.

Uma outra conseqüência da natureza deste livro é que os tipos de escrito foram escolhidos em uma gama mais ampla que a dos textos normativos; pareceu, com efeito, muito útil chamar a atenção sobre o partido pedagógico que podemos tirar de análises de *textos da doutrina e da prática*. Da mesma forma, tendo em vista o desenvolvimento considerável do poder regulador, impôs-se a nós a experiência de estudar um *decreto*, sem entretanto renunciar à experiência mais tradicional de análise de um *artigo de lei codificado*.

Capítulo I
Primeiro tipo de texto: a lei

Texto de estudo: o artigo 1.341 do Código Civil.

TEXTO

Artigo 1.341 do Código Civil:

Deve ser lavrado ato, perante notário ou mediante assinatura privada, de todas as coisas que excedam uma soma ou um valor fixado por decreto, mesmo para depósitos voluntários, e nenhuma prova será recebida por testemunhas contra e além do contido nos atos, nem sobre o que se alegar ter sido dito antes, durante ou depois dos atos, ainda que se trate de uma soma ou valor inferiores.

Tudo sem prejuízo do que está prescrito nas leis relativas ao comércio.

**PRIMEIRO MOMENTO:
CONTEXTUALIZAÇÃO**

**I.
Origem**

Código Civil (1804) modificado pela lei nº 80-525 de 12 de julho de 1980 relativa à prova dos atos jurídicos (art. 2).

**II.
Natureza**

– contexto lingüístico: o artigo 1.341 é o primeiro artigo da seção II intitulada "Da prova testemunhal", no capítulo VI "Da prova das obrigações e daquela do pagamento" (título III, Livro III).
– conhecimentos pressupostos: Direito civil, DEUG* de direito.

....
* DEUG: *Diplôme d'études universitaires générales* [diploma de estudos universitários gerais]. Diploma nacional que sanciona o primeiro ciclo de estudos superiores, com duração de dois anos, em algumas áreas do conhecimento. (N. da T.)

SEGUNDO MOMENTO: LEVANTAMENTO DAS PALAVRAS A SUBLINHAR

I.
Palavras a elucidar

– *coisas*: a expressão "todas as coisas", muito vaga, foi escolhida propositadamente; ela já existia no direito antigo, mais especificamente na Ordenação de Moulins de 1566, em que os redatores do Código Civil se inspiraram muito amplamente sobre essa matéria[1].

– *o contido nos atos*: esta expressão, cuja sintaxe remonta pelo menos ao século XVI, deve ser compreendida como: "*o que* está mencionado *nos escritos*".

– *alegado*: pretenso.

– *sem prejuízo de*: sem lesar.

....

1. Pode ser surpreendente que depois de utilizar a expressão "todas as coisas" o legislador tenha previsto especialmente o caso do depósito voluntário, ou seja, o depósito que não foi concluído sob a pressão das circunstâncias (*contra* depósito necessário, ver art. 1.949, C. Civ.). POTHIER (*Traité des obligations*, 4ª parte, cap. 2, nº 786, ed. Beaucé, Paris, 1818, t. 3, pp. 595-6) nos informa que houve dúvida em saber se o depósito voluntário estava incluído na disposição da ordenação de 1566, apesar dos termos gerais, porque normalmente não se redigia nenhum escrito por ocasião de depósitos. Assim, a ordenação de 1667 [de Colbert. N. da T.] deveria precisar que o depósito voluntário era submetido à regra geral.

II.
Conceitos-chave

– *ato perante notário ou mediante assinatura privada*: escrito instrumental (destinado a servir como prova). É nesse sentido que se deve entender *ato* nos dois empregos ulteriores não-especificados.

– *coisas*: trata-se, no modo da generalidade, de atos jurídicos que apresentam um *interesse pecuniário*.

– *valor*: a questão se refere a como se avalia o interesse pecuniário.

TERCEIRO MOMENTO: LEVANTAMENTO DA CONSTRUÇÃO DO TEXTO

I.
Construção tipográfica

O artigo é formalmente dividido em duas alíneas de comprimento bastante desigual.

II.
Construção gramatical

– *Marcas normativas*: o artigo é colocado sob o signo do imperativo jurídico: o dever de fazer é expresso explicitamente no início da primeira alínea ("Deve") e implicitamente no início da segunda alínea ("Tudo sem prejuízo": tudo *devendo ser sem prejuízo*). O dever de não fazer (interdição) é formulado implicitamente em "nenhuma prova é recebida por testemunhas".

– *Palavras de ligação*: o primeiro *e* do texto é a articulação entre a obrigação explícita e a interdição. Os *ou* refletem a totalidade das hipóteses consideradas assim como o segundo *e* do texto e o *nem*.

III.
Construção lógica

É interessante constatar que não há nenhum lugar aqui para o raciocínio dialético. O legislador prescreve o que deve ser a partir de hipóteses definidas. Ele o faz sob o modo da generalidade (*todas*) e da exaustão (*mesmo, ainda que, contra, além de, antes, durante, depois*).

Assim, a construção lógica faz aparecer com toda clareza a especificidade do texto legal em relação aos discursos argumentativos tais como o de Montesquieu.

QUARTO MOMENTO: LEVANTAMENTO DOS INTERESSES DO TEXTO

Em razão da natureza do texto, seu interesse exclusivo é seu conteúdo normativo, cuja distribuição se organiza em torno das marcas normativas. Aqui, a chave do texto é a lógica das normas[2], e apenas ela, que permite identificar uma cesura[3] maior entre duas regras (*deve – nenhuma prova será recebida*). Quanto ao teor dessas regras, ele não se extrai apenas do texto, mas do conhecimento do direito civil sobre a prova no seu conjunto, que é um pressuposto[4].

A primeira regra estabelece a exigência da confecção de um ato instrumental para produzir prova nos atos jurídicos que ultrapassam uma certa soma ou valor. Esta regra, cuja *origem* remonta à Ordenação de Moulins, teria como motivo principal, de acordo com a doutrina clássica, a preo-

---

2. Ver G. KALINOWSKI, *La logique des normes*, Presses Universitaires de France, 1972.
3. Ver um caso comparável na análise do art. 544 C. Civ. por J. CARBONNIER, *Droit civil*, t. 3, *Les biens*, P.U.F., col. "Thémis", 14ª ed., Paris, 1991, pp. 124 s.
4. Ver, especialmente, G. BAUDRY-LACANTINERIE e L. BARDE, *Traité théor. et prat. de droit civil, Des obligations*, t. 3 (2ª parte), 2ª ed., Paris, 1905, pp. 828 ss.; G. RIPPERT e J. BOULANGER, *Traité de droit civil*, t. 1, L.G.D.J., *Introduction générale au droit*, Précis Dalloz, 1996; J. GHESTIN e GOUBEAUX, *Traité de droit civil*, Introduction générale, 4ª ed., L.G.D.J., Paris, 1994.

cupação de restringir os processos, obrigando os particulares a obter, desde o princípio, uma prova escrita de suas operações jurídicas. Ou ainda, o motivo da regra seria o perigo de suborno das testemunhas. A *justificação* da regra se encontra essencialmente nas vantagens da prova pré-constituída. Considerando que o artigo 1.341 é protetor dos simples interesses privados, a jurisprudência decide que as partes podem renunciar à sua aplicação, seja antes de celebrar o ato jurídico que se trata de provar, seja posteriormente, e notadamente durante o processo. No que se refere ao *domínio de aplicação* desta primeira regra, duas questões se colocam. Em primeiro lugar, trata-se de saber o que quer dizer a expressão "todas as coisas"; ao caráter de generalidade, salientado acima (ver segundo momento), que engloba os atos jurídicos[5], indo além do domínio dos contratos e das convenções, o legislador traz aqui uma exceção que visa às operações comerciais (al. 2 do art.). A outra questão é a do valor, que exige comentários tanto sobre o limite[6] quanto sobre a maneira de

....
5. Segundo a jurisprudência aceita pela maioria dos autores, a exigência da prova por escrito não se aplica aos fatos jurídicos (ver, sobre esse assunto, J. GHESTIN e GOUBEAUX, *op. cit.*, nº 662).

6. Sobre a variação do limite de valores desde 1566 até 1980, ver J. GHESTIN e GOUBEAUX, *op. cit.*, nº 661. O desejo de atualizar o montante (que o legislador havia, em último lugar, fixado em 50 F) está na origem da lei de 1980 que, sobre este ponto, se remete ao

avaliar (ver segundo momento). A avaliação será feita sem dificuldade quando se tratar de provar a existência de uma dívida em dinheiro. No caso de um litígio tendo por objeto alguma coisa sujeita a avaliação, caberá ao autor determinar o valor, mas ele se encontrará obrigado por esta avaliação (art. 1.343, C. Civ.). Deve-se notar que o legislador não precisa qual é a sanção relacionada ao desrespeito à primeira regra enunciada pelo artigo 1.341 do Código Civil. Uma vez que, poder-se-ia dizer, esse texto é o início de uma seção consagrada à prova testemunhal, e não à prova por escrito, o legislador, ao exigir o emprego da segunda quando se ultrapassa uma certa soma ou valor, pretendeu interditar a utilização da primeira para além desta soma ou valor[7]. Não se discute que essa sanção consiste na inadmissibilidade da prova por testemunhas e da prova por presunção do artigo 1.353 do Código Civil. Ela só atinge as partes no ato jurídico; os terceiros e os cessionários a título particular das partes podem produzir prova livremente.

A segunda regra enuncia que "nenhuma pro-

....
poder regulador, tendo em vista o risco de o executivo, por suas escolhas, alterar o sistema legal da prova em direito civil (o que não parece ser o caso atualmente, visto que o montante foi fixado em 5.000 F pelo decreto nº 80-533 de 15 de julho de 1980).

7. G. BAUDRY-LACANTINERIE e L. BARDE, *op. cit.*, p. 830.

va é recebida por testemunhas contra e além do contido nos atos...". Qual é o *sentido* de "contra e além do contido"? Provar contra o escrito seria estabelecer por testemunho que uma das cláusulas do ato é inexata. Por exemplo, o escrito indica que o montante do empréstimo é de 10.000 F; não se poderia pretender que o empréstimo era de 20.000 F e oferecer prova por testemunho. Provar além do escrito seria acrescentar algo às suas enunciações. Por exemplo, o escrito documentando o empréstimo não faz menção a juros; o credor não poderia provar por testemunho que isso lhe teria sido prometido. Assim, fica vedado recorrer a testemunhas ou às presunções do artigo 1.353 do Código Civil para provar inexatidões ou omissões contemporâneas à redação do escrito.

O texto acrescenta: "nem sobre o que se alegar ter sido dito antes, no momento ou depois dos atos...". Concordamos em reconhecer que, no que se refere ao que se alegar ter sido dito antes ou durante o escrito, a fórmula legal não tem nenhuma utilidade própria: ela se reduz à proibição precedentemente expressa[8].

Resta o que se alegar ter sido dito depois da redação do escrito: o sentido desta expressão é

....
8. Para um exemplo de aplicação, ver Civ. 1ª, 5 de fev., 1974. *Bull. civ.* I, nº 44, p. 39.

que é vedado provar por testemunho ou presunção do artigo 1.353 do Código Civil que uma cláusula modificadora ou simplesmente adicional do ato jurídico tenha sido oralmente ("ter sido *dito*") acertada posteriormente à redação do escrito. Essa regra, mais ainda que a precedente, revela a superioridade da prova por escrito em matéria de atos jurídicos. Nem sempre foi assim, como atesta o adágio medieval: "Testemunhas atestam escritos"; o desenvolvimento da escrita e da confiança nela depositada conduziu à inversão da máxima, que se tornou: "Escritos atestam testemunhas", como prova a ordenação de 1566[9], e depois a de 1667[10], das quais nosso texto é alimentado.

....
9. Art. 54: "Para obviar à multiplicação dos fatos que foram anteriormente alegados em julgamento, sujeitos a prova de testemunhas e reprimendas daqueles de quem advêm tantos inconvenientes e involuções do processo, ordenáramos e ordenamos que doravante, sobre todas as coisas excedendo a soma ou o valor de cem libras a serem pagas, serão celebrados contratos perante notários e testemunhas, pelos quais somente será produzida e recebida toda a prova das ditas matérias, sem receber nenhuma prova por testemunho, além do contido no dito contrato, nem sobre o que se alegar ter sido dito ou acordado com ele durante e depois; no que não pretendemos excluir as convenções particulares e outras que seriam feitas pelas partes mediante assinaturas, selos e escritos privados."
10. Art. 2 (Tít. 20): "Serão lavrados atos perante notários, ou mediante assinatura privada, de todas as coisas excedendo a soma ou o valor de cem libras, mesmo por depósito voluntário, e

Desde então, a superioridade do escrito é tradicionalmente justificada como sendo a manifestação de uma marca da desconfiança em relação ao testemunho, por medo do suborno das testemunhas. Se o testemunho é colocado sob suspeição, é, sobretudo, por ser duvidoso como toda prova indireta.

O *alcance* dessa segunda regra deve ser medido tanto no que se refere aos atos jurídicos a que ela visa, quanto em relação aos sujeitos de direito a que ela concerne. A interdição de provar por testemunho se aplica a todo ato jurídico constatado por escrito, e não apenas, portanto, no caso de uma soma ou valor que exceda 5.000 F. No artigo 1.341, que retoma a ordenação de 1667, o legislador toma o cuidado de precisar: *"ainda que se trate de uma soma ou valor inferiores"*. Assim, esta segunda regra não é o simples corolário da primeira que exige o escrito além de um certo limite; é uma regra distinta que exprime a preferência absoluta dada pelo legislador à prova escrita sobre o testemunho quando os dois procedimentos de prova

....
não será recebida nenhuma prova por testemunho contra e além do contido nos atos, nem sobre o que se alegar ter sido dito antes, durante ou depois dos atos, ainda que se trate de uma soma ou valor inferiores a cem libras, sem todavia nada acrescentar nesse sentido ao que se observa na Justiça dos juízes e magistrados dos mercadores."

se encontrarem em conflito. Quando existe um escrito destinado a provar um ato jurídico, qualquer que seja o interesse pecuniário em jogo, o testemunho não pode prevalecer sobre o escrito. Convém igualmente observar que há uma exceção à generalidade desta regra: trata-se das operações comerciais, excluídas explicitamente do domínio de aplicação das duas regras pela menção "*Tudo*"[11].

Quanto aos sujeitos de direito, a regra se impõe apenas às partes do ato jurídico e a seus sucessores universais; os terceiros que teriam interesse em invocar o ato jurídico não são submetidos ao artigo 1.341 e podem produzir prova por todos os meios. De qualquer forma, mesmo no que se refere às partes, a regra não exclui a prova por testemunho sobre as circunstâncias que envolveram a formação do ato jurídico e que são suscetíveis de constituir dolo ou fraude (art. 1.353, C. Civ.).

....
11. Outras exceções são concernidas pelos arts. 1.347 e 1.348 do C. Civ.

QUINTO MOMENTO: ELABORAÇÃO DO PLANO DE ANÁLISE

INTRODUÇÃO

**I.
Questões a colocar**

1. Quando e quem? – Uma data pode esconder outra: 1804 → 1667 → 1566 (ver, em particular, as notas 10 e 11).
2. Onde? (ver o primeiro momento).
3. Por que e para quem? (ver o quarto momento, mais precisamente as justificações).
4. O que e como? – Inicialmente, a comparação do artigo 1.341 com as ordenações de 1566 e 1667 permite dar conta ao mesmo tempo de sua formulação arcaizante (ver o segundo momento) e da organização particular de seu conteúdo normativo (ver, no terceiro momento, as marcas normativas e, no quarto, a observação inicial).

Inversamente, em um momento posterior da análise, o texto é fonte de doutrina e de jurisprudência (ver o quarto momento).

**II.
Justificação do plano**

Aqui, a distribuição das alíneas é enganadora (ver a construção tipográfica), sendo que a verdadeira cesura se encontra no cerne da primeira alínea (ver a construção gramatical e, no quarto momento, a observação inicial). Nessas condições, a divisão mais satisfatória parece ser a que se articula em torno dos interesses maiores do texto, ou seja, a que coloca em evidência, alternadamente, as regras contidas no artigo 1.341.

PRIMEIRA PARTE

EXIGÊNCIA DA PROVA ESCRITA EM MATÉRIA DE ATOS JURÍDICOS ALÉM DE UMA CERTA SOMA OU VALOR

A. Esfera de aplicação:
   1. "todas as coisas";
   2. "valor".
B. Sanção (ver, no quarto momento, o final do desenvolvimento sobre a primeira regra):
   1. em que ela consiste;
   2. seu alcance.

SEGUNDA PARTE

INTERDIÇÃO DA PROVA POR TESTEMUNHO CONTRA E ALÉM DO ESCRITO

A. Sentido:
   1. "contra e além";
   2. "antes, durante ou depois";

3. "dito".
B. Alcance:
1. quanto aos atos jurídicos: "ainda que…" e "tudo";
2. quanto aos sujeitos do direito (ver o final do quarto momento).

Capítulo II
Segundo tipo de texto: o decreto

Texto de estudo: artigos R. 132-1 e R. 132-2 anexos ao decreto nº 97-298 de 27 de março de 1997 relativo ao Código do Consumo (parte regulamentar).

TEXTO

Artigo R. 132-1 e artigo R. 132-2 do Código do Consumo (parte regulamentar)

Artigo R. 132-1

Nos contratos de venda concluídos entre profissionais, de uma parte, e não-profissionais ou consumidores, de outra parte, é proibida como abusiva no sentido da alínea 1ª do artigo L. 132-1 a cláusula que tem por objeto ou por efeito suprimir ou reduzir o direito à reparação do não-profissional ou consumidor em caso de inobservância pelo profissional de qualquer uma de suas obrigações.

Artigo R. 132-2

Nos contratos concluídos entre profissionais e não-profissionais ou consumidores, é proibida a cláusula que tem por objeto ou por efeito reservar ao profissional o direito de modificar unilateralmente as características do bem a entregar ou do serviço a prestar. Todavia, pode ser estipulado que o profissional pode acrescentar modificações ligadas à evolução técnica, sob a condição de que isso não resulte em aumento de preço nem em alteração de qualidade e de que a cláusula reserve ao não-profissional ou consumidor a possibilidade de mencionar as características às quais ele condiciona seu acordo.

DOCUMENTOS ANEXOS

Primeiro documento:

Artigo L. 132-1 do Código do Consumo de 1993 (parte legislativa), modificado pela lei nº 95-96 de 1º de fevereiro de 1995 referente às cláusulas abusivas e apresentação dos contratos, que rege as diversas atividades de ordem econômica e comercial.

Art. L. 132-1. Nos contratos concluídos entre profissionais e não-profissionais ou consumidores, são abusivas as cláusulas que têm por objeto ou por efeito criar, em detrimento do não-profissional ou do consumidor, um desequilíbrio significativo entre os direitos e as obrigações das partes no contrato.

Decretos do Conselho de Estado, adotados após parecer da comissão instituída no artigo L. 132-2, podem determinar os tipos de cláusula que devem ser consideradas como abusivas no sentido da primeira alínea.

Um anexo ao presente código compreende uma lista indicativa e não-exaustiva de cláusulas que poderão ser consideradas como abusivas se satisfizerem às condições expressas na primeira alínea. Em caso de litígio sobre um contrato que contenha uma tal cláusula, o litigante não fica dispensado de produzir prova do seu caráter abusivo.

Essas disposições são aplicáveis quaisquer que sejam a forma ou o suporte do contrato. É, notadamente, o caso de pedidos de encomenda, faturas, certificados de garantia, borderôs ou pedidos de entrega de mercadoria, passagens ou tíquetes contendo as estipulações negociadas livremente ou não ou as referências a condições gerais preestabelecidas.

Sem prejuízo às regras de interpretação previstas nos artigos 1.156 a 1.161, 1.163 e 1.164 do Código Civil, o caráter abusivo de uma cláusula é avaliado fazendo-se referência, no momento da conclusão do contrato, a todas as circunstâncias que envolvem sua conclusão, assim como a todas as outras cláusulas do contrato. Pode ser igualmente avaliado em relação àquelas contidas em um outro contrato quando a conclusão ou a execução desses dois contratos dependem juridicamente uma da outra.

As cláusulas abusivas são reputadas não-escritas.

A apreciação do caráter abusivo das cláusulas no sentido da primeira alínea não repousa sobre a definição do objeto principal do contrato nem sobre a adequação do preço ou da remuneração ao bem vendido ou ao serviço prestado.

O contrato permanecerá aplicável em todas as suas disposições que não forem julgadas abusivas se ele puder subsistir sem as ditas cláusulas.

As disposições do presente artigo são de ordem pública.

Segundo documento: Anexo à lei nº 95-96 de 1º de fevereiro de 1995.

Cláusulas concernidas pela terceira alínea do artigo L. 132-1

1. Cláusulas tendo por objeto ou por efeito:

(...)
b) Excluir ou limitar de maneira inapropriada os direitos legais do consumidor em relação ao profissional ou a outra parte em caso de não-execução total ou parcial ou de má execução pelo profissional de qualquer uma de suas obrigações contratuais, inclusive a possibilidade de compensar uma dívida em relação ao profissional com um crédito existente contra ele;
(...)
k) Autorizar os profissionais a modificar unilateralmente, sem razão admissível, as características do produto a entregar ou do serviço a prestar.

PRIMEIRO MOMENTO:
CONTEXTUALIZAÇÃO

I.
Origem

– data: 27 de março de 1997.
– autor: o primeiro-ministro.

II.
Natureza

– suporte: *J.O.**, 3 de abril de 1997, p. 5.123.

---

* *J.O.*: *Journal Officiel* [Diário Oficial]. (N. da T.)

– conhecimentos pressupostos: a lei nº 78-23 de 10 de janeiro de 1978, especialmente o capítulo IV, sobre a proteção e a informação dos consumidores de produtos e serviços + decreto nº 78-464 de 24 de março de 1978 referente à aplicação do capítulo IV da lei nº 78-23 de 10 de janeiro de 1978 + doutrina e jurisprudência subseqüentes.

SEGUNDO MOMENTO: LEVANTAMENTO DAS PALAVRAS A SUBLINHAR

I.
Palavras a elucidar

– *profissional*: pessoa física ou jurídica que exerce a título habitual uma atividade econômica regulamentada. *Nota bene*: sobre as dificuldades que a noção de profissional pode suscitar na prática, ver L. BIHL, "Clauses abusives", *Les contrats d'adhésion et la protection du consommateur*, Éditions nationales administratives et juridiques, 1979, p. 174.

– *não-profissional*:
Sobre a origem da expressão "não-profissionais ou consumidores", ver *J.O.*, débats parlementaires, Ass. nat.*, 22 de dezembro de 1977, p. 9.159.

....
* Ass. nat.: *Assemblée nationale* [Assembléia legislativa]. (N. da T.)

Sobre a noção ainda mal definida de "não-profissional", assimilável ou não à de "consumidor", ver especialmente os "elementos de doutrina interna" proferidos pela comissão das cláusulas abusivas em seu relatório de 1978 publicado no *Bulletin officiel des services et des prix*, 1979, nº 12, e a resposta do ministro da economia a M. Geng, *J.O.*, débats Ass. Nat., 4 de maio de 1979, p. 3.448. Ver também J. GHESTIN, nota *in J.C.P.*, 1979, II, 19.178, e G. BERLIOZ, "Droit de la consommation et droit des contrats", *J.C.P.*, 1979, I, 2.954, nº 6 a 14; ver também G. PAISANT, "Essai sur la notion de consommateur en droit positif (réflexions sur un arrêt du 25-5-1992, 1ᵉʳ ch. civ.)", *J.C.P.*, 1993, I, 3.655. Reportar-se igualmente à jurisprudência, oscilante na matéria: Civ. 1ᵉʳ, 28-4-1987, *Bull*. I, nº 134, p. 103, e Civ. 1ᵉʳ, 21-2-1995, *J.C.P.*, [p. 41] 1995, II, 22.502, nota G. PAISANT, por último Civ. 1ᵉʳ, 3-1-1996, *Bull*. I, nº 9 e 30-1-1996, nº 55.

– "*abusiva no sentido da primeira alínea do artigo L. 132-1*": ver a condição especificada no final da dita alínea, "desequilíbrio significativo".

– "*modificações ligadas à evolução técnica*": esta expressão não-jurídica tem um limite de extensão não-definido que deixa a porta aberta à interpretação, como acontece quando se regulam coisas heterogêneas (aqui, bens e serviços).

II.
Conceitos-chave

– *contrato*.
– *contrato de venda*.
– *cláusula abusiva*.

TERCEIRO MOMENTO: LEVANTAMENTO DA CONSTRUÇÃO DO TEXTO

I.
Construção tipográfica

Os dois artigos estudados têm números precedidos pela letra R., lembrando que pertencem à parte regulamentar. Sua menção em meio de página obedece a uma preocupação com a legibilidade.

II.
Construção gramatical

O paralelismo do início dos artigos R. 132-1 e R. 132-2 reflete, no plano formal, uma finalidade comum: regular um problema particular de aplicação.

Aqui, a norma emprega o artigo no singular com um valor genérico (*a cláusula*), o que, em francês comum, se expressa em geral com o plural.

Em matéria de construção verbal, nota-se também a inversão do sujeito depois de *é proibida*, o que é também algo típico da linguagem normativa. As palavras de ligação introduzem uma distinção ("de uma parte" ... "de outra parte"), uma exceção ("todavia") e uma restrição ("sob condição de que"). As marcas normativas revelam interdição ("é proibida"), mas também permissão ("pode ser estipulado").

III.
Construção lógica

A lógica desses artigos não é a de um raciocínio concatenado: trata-se de textos descontínuos de caráter fragmentário, elementos de uma estrutura arborescente: decreto / disposições anexas / decretos de Conselho de Estado / livros / títulos / capítulos / seções.

QUARTO MOMENTO: LEVANTAMENTO
DOS INTERESSES DO TEXTO

1º Trata-se dos dois primeiros textos de aplicação regulamentar do artigo L. 132-1 do Código do Consumo de 1993. Esses artigos substituíram o decreto 78-464 de 24 de março de 1978 referente à aplicação do capítulo IV da lei 78-23 de 10-1-1978. Seria de se esperar que o decreto de 1978 fosse seguido por uma série de outros decretos, aplicando o capítulo IV da lei nº 78-23, como levava a crer o teor do artigo 35 dessa lei. Em realidade nada disso aconteceu. Os procedimentos do decreto se revelaram tão difíceis de serem aplicados que se chegou até a propor que a lista das cláusulas podendo ser consideradas como abusivas figurasse em uma nova lei. Isso foi feito no anexo à lei nº 95-96 de 1º de fevereiro de 1995 na qual algumas cláusulas levantavam a questão do destino do decreto de 1978. Este último está desde então expressamente revogado pelo artigo 4 do decreto nº 97-298 de 27-3-1997 relativo ao Código do Consumo (parte regulamentar).

2º Enquanto o artigo R. 132-1 limita seu objeto ao contrato de venda, o artigo R. 132-2 se refere aos contratos nos quais um profissional se compromete a entregar um bem ou a assumir uma prestação de serviço.

3º A noção de cláusula abusiva no sentido da lei se encontra aqui especificada por extensão, de maneira predeterminada que dispensa uma apreciação do caráter abusivo.

Cada artigo formula uma interdição:
– 1ª interdição: "a cláusula que tem por objeto ou por efeito [nos contratos de venda] suprimir ou reduzir o direito à reparação do não-profissio-

nal ou consumidor em caso de inobservância pelo profissional de qualquer uma de suas obrigações".

Assim, ficam proscritas as cláusulas excludentes ou limitativas de responsabilidade cada vez que uma das partes do contrato de venda é um profissional e a outra um não-profissional. Há aí, como a doutrina pôde salientar (ver G. VINEY, nota em Civ. 1re, 22-11-1978, *J.P.C.*, 79, II, 19.139), uma manifestação suplementar da "integração na 'ordem pública econômica' das obrigações".

– 2ª interdição: "a cláusula que tem por objeto ou por efeito reservar ao profissional o direito de modificar unilateralmente as características do bem a entregar ou do serviço a prestar".

Aí também se trata de reagir contra abusos do poder econômico dos profissionais. Por exemplo, um fabricante de máquinas de lavar ou de automóveis não pode transformar a seu bel-prazer o objeto a entregar. Pelo menos é assim, em princípio, para modificações que não fossem ligadas à evolução técnica; no caso contrário, o governo admitiu, com efeito, que "pode ser estipulado que o profissional pode acrescentar modificações ligadas à evolução técnica, sob a condição de que isso não resulte aumento de preço nem alteração de qualidade e de que a cláusula reserve ao não-profissional ou consumidor a possibilidade de mencionar as características às quais ele condiciona seu acordo" (o que pressupõe nele uma competência considerável, que podemos duvidar que todo particular possua).

Pode-se pensar que o poder regulamentar ateve-se aqui sobretudo à hipótese do bem a entregar, ainda que tenha explicitamente visado também ao "serviço a prestar".

4º Podemos nos surpreender com a ausência de sanção penal da qual encontrávamos vestígios no decreto revogado de 1978. A observação foi feita pela comissão das cláusulas abusivas em seu relatório para o ano de 1978. No caso de desrespeito à interdição, é o artigo L. 132-1 que considera não-escritas as duas cláusulas analisadas aqui.

QUINTO MOMENTO: ELABORAÇÃO
DO PLANO DE ANÁLISE

INTRODUÇÃO

I.
Questões a colocar

1. Quando e quem? (ver o primeiro momento e o 1º do quarto momento).
2. Por quê? (ver o art. L. 132-1 do Código do Consumo [parte legislativa] e o direito do consumo).

Aplicações \ 73

3. Para quem? (ver o segundo momento, *profissional* e *não-profissional*).
4. O quê? (ver o segundo momento, especialmente os conceitos-chave).
5. Como? (ver o terceiro momento).

II.
Justificação do plano

Poderíamos pensar em desenvolver um plano linear, ou seja, estudar sucessivamente a interdição da cláusula limitada ao contrato de venda e depois a da cláusula do bem a entregar ou do serviço a prestar, mas cairíamos em um efeito repetitivo.

Nessas condições, parece preferível analisar o regime de proteção do não-profissional após ter determinado os tipos de cláusula consideradas como abusivas pelo poder regulador.

PRIMEIRA PARTE

*DOS TIPOS DE CLÁUSULAS ABUSIVAS
CONTRA AS QUAIS O NÃO-PROFISSIONAL
É PROTEGIDO POR REGULAMENTO*

A. Cláusula concernida pelo artigo R. 132-1.
B. Cláusula concernida pelo artigo R. 132-2.

SEGUNDA PARTE

DO REGIME DE PROTEÇÃO DO NÃO-PROFISSIONAL

A. Meio da proteção:
1. meio preventivo: a interdição;
2. problema da sanção.
B. Alcance da proteção:
1. interdição geral (no contrato de venda);
2. interdição limitada (no caso do bem a entregar ou do serviço a prestar).

Capítulo III
TERCEIRO TIPO DE TEXTO: O MODELO DE ATO

Texto de estudo[1]: modelo de ato notarial para contrato de locação com opção de compra de uma casa individual concluída.

TEXTO

Modelo 5 – Contrato de locação com opção de compra de uma casa individual concluída.

Sr. ..., notário em ..., abaixo assinado.

Recebeu o presente ato autêntico de locação com opção de compra de propriedade imobiliária entre: ...

Os quais concluíram, de acordo com a lei nº 84-595 de 12 de julho de 1984, o contrato de locação com opção de compra da propriedade imobiliária objeto do presente.

---

1. In *Juris-classeur notarial formulaire*, "Location-accession", 1985, fasc. B-1, modelo 5, por D. LEPELTIER.

TÍTULO I – OBJETO DO CONTRATO
TÍTULO II – PREÇO E FORMA DE PAGAMENTO
TÍTULO III – TRANSFERÊNCIA DO USUFRUTO

Art. 16 – *Duração*

O vendedor transfere a título oneroso ao inquilino o usufruto do imóvel designado ..., a contar deste dia [ou então: do dia ...] até ...

Art. 17 – *Entrega das chaves – Vistoria de entrada no imóvel*

A entrega das chaves aconteceu hoje mesmo, como o reconhece o inquilino.

O inventário da vistoria de entrada foi estabelecido hoje mesmo, na presença das duas partes, em um só exemplar, para ser anexada ao presente ato por menção.

(ou então, em caso de entrada em usufruto diferida:

A entrega das chaves acontecerá no dia ..., e o inventário da vistoria de entrada será estabelecido por oficial de justiça por iniciativa da parte mais diligente, a outra parte sendo devidamente convocada. Os custos serão divididos igualmente entre as duas partes.)

Art. 18 – *Uso do imóvel*

A transferência do usufruto é consentida exclusivamente para fins de habitação do inquilino. (Eventualmente: ... e do exercício por ele de sua atividade de ..., à exclusão de qualquer outra; ou então: ... e do exercício por ele de qualquer atividade profissional, à exclusão de ...)

Art. 19 – *Condições de ocupação e de usufruto*

Durante toda a duração do usufruto, o inquilino deve observar as seguintes obrigações em relação ao imóvel objeto do contrato:
– ocupá-lo efetivamente por ele mesmo e utilizá-lo como bom pai de família e segundo o uso indicado acima; ele se priva, conseqüentemente, de permitir sua ocupação a qualquer título que seja, salvo acordo prévio e escrito do vendedor;
– mantê-lo equipado com todos os móveis e objetos mobiliários necessários à sua utilização em conformidade com o uso indicado acima, com exceção dos que não servem a esse uso;
– deixar que seja visitado pelo vendedor ou qualquer outra pessoa enviada por ele para vistoria e manutenção do imóvel e das instalações ..., uma vez por ano e todas as vezes que for necessário.
O vendedor poderá igualmente fazê-lo visitar tendo em vista sua venda ou sua locação por duas horas, a cada dia útil, fixados por ele entre ... e ...;
– não o modificar salvo acordo prévio e escrito do vendedor;
Na falta desse acordo, o vendedor pode exigir a reparação do lugar ou dos equipamentos na partida do inquilino, ou conservar as modificações efetuadas sem que o inquilino possa reclamar uma indenização pelos custos decorrentes.
O vendedor poderá igualmente exigir, às expensas do inquilino, a reparação imediata do imóvel quando as transformações colocarem em risco o bom funcionamento dos equipamentos ou a segurança.

Art. 20 – *Manutenção. Reparos*

Durante essa mesma duração, o inquilino se encarregará da manutenção e dos reparos do imóvel objeto do contrato.

Todavia, o vendedor conserva o encargo dos reparos relativos aos elementos estruturais que mantêm a estabilidade ou a solidez da construção assim como a todos os outros elementos que lhes são integrados ou formam um conjunto com eles, e aos elementos que asseguram o fechamento, a cobertura e a impermeabilidade, à exclusão de suas partes móveis.

Art. 21 – *Seguro-construção*

Em caso de não-cumprimento por parte do vendedor, o inquilino pode aplicar as garantias constantes, em virtude dos artigos L. 241-1 e L. 242-1 do Código do Seguro, no contrato que o vendedor declara ter subscrito ... junto à Seguradora ...

Art. 22 – *Seguro*

O inquilino é obrigado a contratar um seguro contra todos os riscos que corre em sua qualidade de ocupante e o recurso dos vizinhos, junto a uma companhia notoriamente solvente; ele apresentará prova desse seguro e da quitação regular dos prêmios no dia da vistoria de entrada e a toda requisição do vendedor.

Art. 23 – *Responsabilidade*

O inquilino é o único responsável pelos prejuízos ocasionados ao imóvel, aos ocupantes e a outras pessoas que ali se encontrem, por si mesmo, pelas pessoas por quem ele responde ou pelos animais e objetos sob sua guarda.

Art. 24 – *Impostos e encargos*

O inquilino deverá quitar todos os encargos anuais e notadamente as contribuições, taxas e impostos de qualquer natureza, aos quais são ou serão submetidos o presente contrato ou o imóvel que é objeto dele.

Art. 25 – *Rescisão antecipada do contrato*

Em caso de inadimplemento de qualquer uma das somas devidas pelo inquilino no que se refere ao pagamento do aluguel ou dos encargos, o presente contrato de locação com opção de compra será anulado de pleno direito, se bom parecer ao vendedor, um mês depois de uma notificação de pagamento permanecer sem efeito.

Toda inexecução, por uma das partes, de qualquer uma de suas obrigações, além das concernidas na alínea precedente, ou qualquer falsa declaração permitirá à outra parte pedir judicialmente a rescisão do presente contrato.

(Eventualmente: O inquilino poderá igualmente pedir a rescisão do presente contrato nas datas de aniversário deste contrato, sob reserva de aviso prévio de três meses endereçado ao vendedor por carta registrada com pedido de aviso de recebimento nos casos seguintes:
- ...
- ...
- ...)

Art. 26 – *Cessão do contrato*

O inquilino pode dispor, em benefício de um terceiro, dos direitos que ele adquiriu pelo contrato salvo oposição justificada do vendedor, fundada em motivos sérios e legítimos, tais como a insolvência do cessionário.

(Eventualmente: O vendedor poderá igualmente se opor à cessão quando o adquirente não preencher as condições exigidas pela concessão dos empréstimos que asseguraram o financiamento da construção do imóvel ...)

Em conformidade com o princípio da indivisibilidade expresso no artigo ... abaixo, a cessão só poderá repousar sobre a totalidade dos direitos conferidos ao inquilino pelo presente contrato.

O projeto de cessão deverá ser notificado ao vendedor por carta registrada com pedido de aviso de recebimento, com a indicação das informações que lhe permitam exercer o seu direito de oposição. Na falta de resposta no prazo de ... dias, considerar-se-á que não houve oposição por parte do vendedor.

A cessão acontecerá obrigatoriamente por ato autêntico e uma cópia executória será entregue ao vendedor, sem ônus para ele.

O cedente permanecerá obrigado em relação ao vendedor, solidariamente com o cessionário, à execução do presente contrato até a constatação da transferência de propriedade prevista no artigo ... adiante ou até o pagamento da restituição prevista no artigo ... acima.

Art. 27 – *Falecimento do inquilino*

Em caso de falecimento do inquilino (ou eventualmente: dos inquilinos ou de um deles), haverá solidariedade e indivisibilidade entre seus herdeiros (ou eventualmente: entre os herdeiros ou entre o sobrevivente e os herdeiros do primeiro falecido) para a execução do contrato até a constatação da transferência de propriedade prevista no artigo ... adiante ou até o pagamento da restituição prevista no artigo ... adiante.

Qualquer ato de cessão de direitos indivisíveis ou de divisão sobre os direitos resultantes do presente contrato será submetido às regras fixadas no artigo 26.

Art. 28 – *Alienação do imóvel e constituição de direitos reais*

A alienação do imóvel ou a constituição de direitos reais substituem de pleno direito o novo proprietário ou o titular desses direitos reais nos direitos e obrigações do vendedor.

(Eventualmente, se a garantia do reembolso não toma a forma do privilégio do inquilino: A alienação é subordinada ao fornecimento, pelo novo proprietário, de uma das garantias de reembolso previstas pelos artigos 15 e 17 da lei de 12 de julho de 1984.)

TÍTULO IV – TRANSFERÊNCIA DE PROPRIEDADE
TÍTULO V – RESCISÃO DO CONTRATO E NÃO-REALIZAÇÃO
DA TRANSFERÊNCIA DE PROPRIEDADE
TÍTULO VI – DISPOSIÇÕES DIVERSAS

**PRIMEIRO MOMENTO:
CONTEXTUALIZAÇÃO**

I.
Origem

Juris-classeur notarial – Modelos de aplicação, 1985.

II.
Natureza

– contexto lingüístico: a "transferência de usufruto" se encontra entre as cláusulas relativas aos preços e à forma de pagamento e aquelas referentes à transferência de propriedade.
– conhecimentos pressupostos: direito das obrigações + contrato de locação com opção de compra[2].

....
2. Criação da lei nº 84-595 de 12 de julho de 1984, esse contrato pode ser conhecido em consulta, especialmente, aos comentário doutrinais dessa lei. Ver também Ph. MALINVAUD e Ph. JESTAZ, *Droit de la promotion immobilière*, Précis Dalloz, 5ª ed., nºs 542-590 e as referências citadas; M. DAGOT, *Juris-classeur notarial formulaire*, fasc. A1 e A5.

SEGUNDO MOMENTO: LEVANTAMENTO DAS PALAVRAS A SUBLINHAR

I.
Palavras a elucidar

– *na presença das partes*: sentido processual.
– *o fechamento, a cobertura*: rejuvenescimento da fórmula arcaica *fechado e coberto* significando: "ao abrigo".
– *quitação*: fato de quitar.
– *requisição*: arcaísmo (= pedido).

II.
Conceitos-chave

– *locação com opção de compra*: ver art. 1º da lei.
– *inquilino*: designa a pessoa que conclui um contrato de locação com opção de compra com o proprietário de um imóvel (dito "o vendedor").
– *usufruto*.
– *transferência a título oneroso*.
– *uso*.
– *utilizar como bom pai de família*.
– *cessão de contrato*.

TERCEIRO MOMENTO: LEVANTAMENTO DA CONSTRUÇÃO DO TEXTO

I.
Construção tipográfica

A apresentação em artigos numerados é reveladora do caráter esquemático do modelo, em que uma das funções é prever todas as possibilidades em matéria de contrato.

II.
Construção gramatical

Esse mesmo caráter esquemático do modelo se manifesta na ausência quase total de palavras de ligação no início das cláusulas. No que se refere às marcas normativas, observamos um traço comum ao modelo e às leis e regulamentos: a expressão da injunção, seja no futuro, seja no presente.

III.
Construção lógica

A ausência de qualquer argumentação procede igualmente do discurso normativo. Assim, o modelo ilustra bem, no plano da expressão, o artigo 1.134 do Código Civil: "As convenções legalmente formadas têm força de lei para aqueles que as firmaram."

QUARTO MOMENTO: LEVANTAMENTO DOS INTERESSES DO TEXTO

O modelo não é apenas a aplicação pura e simples da lei, mesmo sendo imperativa, mas também criação de direito. O duplo interesse de seu estudo pode ser observado no inventário abaixo, no qual são mencionadas as cláusulas que são a aplicação da lei nº 84-595 de 12 de julho de 1984, que define a locação com opção de compra de propriedade, e em que é aplicada a que a completa.

Podemos observar que a parte das aplicações legais é mais importante, nesse quadro, que a dos complementos extraídos da prática, o que evidencia ao mesmo tempo o caráter imperativo[3] e o caráter novo da lei de 1984.

I.
Aplicações

Reproduzindo em seus modelos o teor das disposições legais, os notários não se contentam em evitar de ver sua responsabilidade pessoal engajada. Eles permitem que a lei receba na prática uma aplicação efetiva[4]. Assim, não é surpreen-

---
3. Ver, especialmente, Ph. MALINVAUD e Ph. JESTAZ, *op. cit.*, nº 546.
4. J. L. SOURIOUX, *Recherches sur le rôle de la formule notariale dans le droit positif*, Librairie du Journal des notaires et des avocats, Paris, 1967, p. 7.

dente constatar que as cláusulas de aplicação pura e simples da lei se referem ao que pareceu característico aos olhos do legislador. No que se refere

APLICAÇÕES	COMPLEMENTOS
Art. 16 (= art. 1º e art 5-4º L. 12-7-84)	
Art. 17 (= art. 8, L. 12-7-84)	
Art. 18 (= art. 28, al. 1, 1º item, L. 12-7-84)	Art. 18
Art. 19, 1º item (= art. 28, al. 1, 1º item e al. 2)	
Art. 19, 2º item (= art. 1.752 C. Civ. sobre a locação)	Art. 19, 2º item
Art. 19, 4º item (= art. 18, 4º item, lei nº 82-526 de 22-6-82)	Art. 19, 3º item Art. 19, 4º item
Art. 20 (= art. 29, L. 12-7-84)	
Art. 21 (= art. 31 e 5-11º L. 12-7-84)	
Art. 22 (= art. 28, al. 1, 2º item, L. 12-7-84)	
Art. 23 (= art. 1.735 C. Civ. sobre a locação)	Art. 23
Art. 24 (= art. 28, al. 1, 3º item, L. 12-7-84)	Art. 24: "todas" Art. 25: prática da cl. rescisão expressa
Art. 26, al. 1 (= art. 19, L. 12-7-84) assim como "eventualmente" Art. 26, al. 2 (= art. 19)	
	Art. 26, al. 3: prática cl. de concordância em matéria de cessão de locação Art. 26, al. 4: complemento da prática Art. 26, al. 5: prática cessão de locação, cl. de garantia Art. 27, al. 1: cl. de indivisibilidade (locação-venda) Art. 27, al. 2: complemento que considera uma hipótese não prevista pela lei de 1984
Art. 28 (= art. 20, L. 12-7-84), inclusive para "eventualmente"	Art. 28: "constituição de direitos reais"

Aplicações \ 87

à transferência de usufruto, trata-se das cláusulas relativas às modalidades dessa transferência (arts. 16 e 17) e das relacionadas à condição jurídica das partes do contrato durante toda a duração do usufruto (arts. 18, 19, 20, 21, 22, 23 e 24). Além disso, são reproduzidas as soluções legais em duas das hipóteses especialmente consideradas pela lei, a saber, a cessão do contrato e a alienação do imóvel (arts. 26 e 28).

II.
Complementos

Identificamos primeiramente um complemento *secundum legem* ("segundo a lei"). Assim acontece aqui com relação à utilização da coisa segundo seu uso. Ao decidir que o inquilino é obrigado a utilizar o imóvel "segundo o uso que lhe foi estipulado pelo contrato", o art. 28 remete à liberdade das partes contratantes. Daí a cláusula 18, com suas múltiplas escolhas consideradas.

Os outros complementos são *praeter legem* ("independentemente da lei"). Algumas cláusulas acrescentam hipóteses não previstas pelo legislador (art. 27, al. 2; art. 28). Outras completam as soluções legais seja de maneira autônoma (art. 24 e art. 26, al. 4), seja por empréstimo das regras de um outro contrato, no caso a locação para habitação (art. 19, 2º, 3º e 4º itens; art. 23; art. 25; art. 26, al. 3 e 5; art. 27, al. 1).

QUINTO MOMENTO: ELABORAÇÃO DO PLANO DE ANÁLISE

INTRODUÇÃO

**I.
Questões a colocar**

1. Quando? – Modelo recente (1985).
2. Para quem? – Os notários.
3. O quê? – Modelo de contrato de *locação com opção de compra de propriedade* imobiliária, no caso uma *casa individual concluída*.
4. Como? – Segundo uma apresentação formal calcada sobre os textos normativos, o que não é tradicional.

**II.
Justificação do plano**

Tendo em vista que o modelo não obedece a um princípio de progressão lógica ou cronológica, mas visa somente a prever todas as possibilidades em matéria de contratos, um plano linear deve ser excluído. Cabe assim referir-se aos interesses do texto, que conduzem à seguinte divisão:

PRIMEIRA PARTE
CLÁUSULAS QUE APLICAM A LEI

1. Cláusulas relativas às modalidades de transferência de usufruto.
2. Cláusulas relativas à condição jurídica das partes durante o usufruto.
3. Cláusulas relativas à cessão do contrato e à alienação do imóvel.

SEGUNDA PARTE
CLÁUSULAS QUE COMPLEMENTAM A LEI

1. Cláusulas *secundum legem*.
2. Cláusulas *praeter legem*.

Capítulo IV
QUARTO TIPO DE TEXTO: O TEXTO DOUTRINAL

Texto de estudo: J.-P. GILLI, "Une remise en cause du droit de propriété", *Le Monde*, 31 de março de 1976 ("Point de vue").

TEXTO

"PONTO DE VISTA"
(publicado em *Le Monde*, 31 de março de 1976)

O direito de propriedade em causa

por Jean-Paul GILLI[1]

As modalidades do teto legal de densidade, instituído pela lei Galley, são em vários aspectos criticáveis, gerando graves desigualdades entre os proprietários, entre as comunas, entre Paris e o resto da França. E a reforma

---

1. Presidente da Universidade de Paris-Dauphine.

corre um grande risco de não atingir seus objetivos, levando os prefeitos a adensar o centro das cidades para granjear recursos.

Mas tudo isso é, no fim das contas, secundário. O que interessa é que, ao infligir ao direito de propriedade uma das violações mais graves que ele já sofreu, essa lei provocará, de maneira irreversível, sua indispensável reconsideração.

À primeira vista, o texto parece relativamente anódino. Ele reafirma que o direito de construir está ligado à propriedade do solo. Simplesmente, além de um certo limite – o teto legal de densidade ou P.L.D.* –, o proprietário só pode exercer este direito se pagar uma certa soma à coletividade. Nada além, dirão, de uma taxa suplementar imposta por ocasião da construção; nada além de uma simples fiscalização do direito de construir.

A realidade é bem diferente: apesar dos termos cuidadosamente escolhidos, trata-se de uma verdadeira coletivização de uma parte do espaço até então vinculada ao solo.

O projeto inicial tinha exatamente essa pretensão, prevendo que, acima do P.L.D., o direito de construir se tornava "propriedade" da coletividade. Mas, ao que parece, para seguir o parecer do Conselho de Estado, esta fórmula não foi mantida: doravante, e apesar da emenda proposta pelo sr. Claudius-Petit para voltar à redação inicial, acima do P.L.D., o direito de construir "depende" simplesmente da coletividade.

....
* P.L.D.: *Plafond légal de densité* [Teto legal de densidade]. (N. da T.)

Juridicamente, que sentido pode ter esta palavra? Nenhum, se sabemos que de qualquer maneira sempre foi necessária ao proprietário uma autorização para exercer seu direito de construir. Obrigá-lo a pagar a partir de agora à coletividade o preço do terreno correspondente aos metros quadrados de área construída além do P.L.D. é exatamente forçá-lo a comprar um direito que por definição ele já não possui. Sob o disfarce das palavras, a realidade é exatamente essa: o direito de propriedade do solo foi suprimido; ele concerne apenas a uma porção do espaço que, até então, fazia parte dele.

A facilidade com que uma disposição tão grave foi aceita pelo Parlamento incita a refletir sobre a evolução do direito de propriedade. Pois ela mostra que, em nossa sociedade atual, ele não tem mais nenhuma relação com a definição oficial que lhe é dada.

Conhecemos a famosa formulação do Código Civil para definir este "direito inviolável e sagrado" colocado no início dos Direitos do Homem, formulação herdada da *Institutas* de Justiniano e ainda maximizada para dissipar todo o temor dos compradores dos bens nacionais. Ela revelava uma concepção jurídica da propriedade que não tinha de se justificar de outra maneira além da aquisição: um título de propriedade, um direito absoluto.

Ora, diante dessa ortodoxia, uma corrente filosófica afirma já há muito tempo a primazia de um outro aspecto da propriedade: o de sua finalidade. Partindo de Aristóteles, essa concepção vem caminhando ao longo dos séculos. Encontramo-la nos Padres da Igreja – santo Tomás, são Basílio –, encontramo-la no projeto de constituição corsa de Rousseau, nos positivistas, no cerne da corrente personalista, nas recentes encíclicas... Justificando o direito sobre a coisa por sua função social, ela vincula o fundamento da propriedade à consideração de seu uso, o qual deve contribuir para o bem-estar da coletividade.

Toda a evolução do direito de propriedade foi feita – como salientou claramente André Piettre[2] – sob o signo de um recuo da concepção jurídica perante a análise filosófica.

Consideremos aqui simplesmente a propriedade do solo. Foi a propósito dela, sobretudo, que os redatores do Código Civil edificaram um direito monolítico, absoluto, inviolável, sem limites... Ora, o que aconteceu com ele? Sua história se confunde com a das violações que lhe foram infligidas.

Direito monolítico: mais ainda que sob o Antigo Regime, está hoje desmembrado em benefício do comerciante, do fazendeiro, do locatário.

Direito absoluto: seu uso está em toda parte condicionado a uma autorização de construir, de lotear, de demolir, de fazer buscas, de desmatar, às vezes de vender ou de mudar de destinação.

Direito inviolável: já com bastante freqüência ameaçado de expropriação, o proprietário é doravante visado por um direito de preempção generalizado.

Direito sem limites, enfim, mas sob reserva da legislação sobre as minas, sobre a energia hidráulica, a distribuição de energia elétrica, a circulação de aeronaves e, em último lugar, do teto legal de densidade.

2. *Le Monde* de 21 de janeiro de 1964.

A adoção desse P.L.D. constitui portanto um novo passo – e enorme – no sentido dessa evolução.

* * *

A passagem a uma concepção finalista do direito de propriedade parece portanto irreversível, e o verdadeiro mérito da lei Galley será de tê-lo confirmado.

O que podemos lamentar é que uma tal reforma não tenha ousado dizer claramente seu nome. Ela não atacou abertamente a substância do direito de propriedade. Dissimulou-se sob uma simples lei de urbanismo, evitando tocar no bronze do Código Civil.

É perigoso e é uma pena.

Perigoso porque uma mesma lei de urbanismo pode, amanhã, esvaziar a propriedade imobiliária de seu conteúdo por uma simples redução do P.L.D. Ora, a concepção social do direito de propriedade implica, ao contrário, sua proteção na medida em que seu uso se inscreve no sentido do interesse geral.

É também uma pena porque os prejuízos da especulação são em grande parte conseqüência da mentalidade. Não é bom que o proprietário acredite estar sempre investido de um direito absoluto – mesmo se a realidade cotidiana o desmente. Como também não é bom que o direito inscrito nos textos seja demasiado diferente daquele que se lê nos fatos.

PRIMEIRO MOMENTO:
CONTEXTUALIZAÇÃO

I.
Origem

– data: um trimestre depois da promulgação da lei nº 75-1.328 de 31 de dezembro de 1975 referente à reforma da política territorial.
– autor: J.-P. GILLI, professor de direito público, especialista em problemas jurídicos de urbanismo. Autor de *Redéfinir le droit de propriété* [Redefinir o direito de propriedade] (Centre de recherche d'urbanisme, Paris, 1975).

II.
Natureza

– suporte: jornal diário que visa a um público mais vasto que os "iniciados", sem ser o "grande público".
– tipo de escrito: "ponto de vista" sobre uma questão de atualidade.
– conhecimentos pressupostos: o direito de propriedade e sua evolução, mais a lei nº 75-1.328 de 31 de dezembro de 1975 (dita "lei GALLEY")[3]

---

3. Do nome do ministro do Équipement [o que corresponderia a um ministério da Infra-estrutura. N. da R.] da época. Sobre esta lei, ver notadamente Ph. JESTAZ, *Rev. trim. dr. civ.*, 1976, nº 2, p. 419-

modificada pelas leis de finanças para 1981 (art. 73) e para 1983 (art. 31); a lei nº 85-729 de 18 de julho de 1985 relativa à definição e à aplicação dos princípios de zoneamento territorial (art. 25, I, II, IV, V, VI) e, sobretudo, a lei 86-1.290 de 23 de dezembro de 1986 que tende a favorecer o investimento locativo, o acesso à propriedade de habitações sociais e o desenvolvimento da oferta imobiliária (arts. 64, 65, 66).

SEGUNDO MOMENTO: LEVANTAMENTO DAS PALAVRAS A SUBLINHAR

I.
Palavras a elucidar

– *monolítico*: por metáfora, de um só bloco, indivisível, sem fissura.

....

20; G. LIET-VEAUX, "La réforme foncière modèle 1975: le P.L.D.", *J.C.P.*, 1976.I.2765; ALBERTINI, "Ambitions et incertitudes de la nouvelle loi foncière", D. 1976, Chron, pp. 87 e ss.; J. BASCHWITZ, "Droit de construire et P.L.D.", *Rép. Defrénois*, 1976, art. 31.133, p. 868; A. DE LAUBADERE, "Réflexions d'un publiciste sur la propriété du dessus. À propos du plafond légal de densité" in *Mélanges G. Marty*, Universté des sciences sociales de Toulouse, 1978, pp. 761 ss.; G. TAUBMAN, *Le plafond légal de densité*, tese datilografada, Universidade de Orléans, 1979; H PÉRINET-MARQUET, "Maturité et déclin du plafond légal de densité", D. 1983, cron. pp. 229 ss.; *Traité de droit administratif* de A. DE LAUBADERE, t. 2, 8ª ed. por J.-C. VÉNÉZIA e Y. GAUDEMET, L.G.D.J., 1986, nº 857; H. JACQUOT, *Droit de l'urbanisme*, Précis Dalloz, 2ª ed., nºs 294-302.

– *desmembrado*: por extensão de sentido, dividido.

– *aeronaves*: termo genérico que inclui aviões, helicópteros etc.

– *finalista*: palavra do vocabulário filosófico escolhida pelo autor para dar conta da função social da propriedade individual.

– *bronze*: por metáfora, "a solidez do bronze".

II.
Conceitos-chave

Teto legal de densidade (P.L.D.): artigo L. 112-1 (devido à lei Galley) do Código de Urbanismo modificado. Nos termos deste texto:

"... A relação entre a superfície da área de construção e a superfície do terreno sobre o qual esta construção é ou deve ser implantada define a densidade de construção.

Um limite de densidade, denominado 'teto legal de densidade', pode ser instaurado: ..."[4].

Coletividade: termo genérico utilizado no sentido não-técnico (≠ coletividades locais).

Interesse geral: interesse da coletividade (por oposição a interesse individual).

---

4. Art. 64, lei nº 86-1.290, de 23 de dezembro de 1986.

TERCEIRO MOMENTO: LEVANTAMENTO DA CONSTRUÇÃO DO TEXTO

I.
Construção tipográfica

A divisão introduzida pelos asteriscos isola uma passagem que tem apenas as dimensões de uma conclusão. A tipografia não permite portanto distinguir "partes" propriamente ditas.

II.
Construção gramatical

Esse texto é tipicamente um "ponto de vista". Nele não encontramos nem marcas normativas, como nas leis ou nos decretos, nem uma estrutura esquemática como nos modelos da prática, mas um estilo essencialmente doutrinal, caracterizado ao mesmo tempo por:

– uma preocupação didática (primeira pessoa do plural – *consideremos aqui* –, interrogações retóricas, muitos exemplos, distinções sutis sobre os qualificativos do direito de propriedade: "monolítico, absoluto, inviolável, sem limites", assim como "perigoso" e "é pena").

– um engajamento pessoal (*criticável, graves, à primeira vista, dirão, parece, a realidade é bem diferente, disfarce, dissimulado, é perigoso, é uma pena, não é bom*).

Trata-se aí de tendências constantes durante todo o artigo. Elas não se prestam portanto a uma divisão baseada nas rupturas no modo de enunciação.

III.
Construção lógica

À diferença de um comentário de lei, esse texto não pretende à exaustão ou tampouco à definição de novos conceitos. Ele desenvolve uma argumentação a serviço de uma tese: "redefinir a lei de propriedade". A lei Galley não é portanto tratada aqui em si mesma: ela é uma fonte de argumentos em favor dessa tese.

1. Uma primeira demonstração consiste em provar que "o direito de propriedade do solo foi mutilado" por essa lei.

2. Num segundo momento, o autor se concentra em mostrar o hiato existente entre a "definição oficial" do direito de propriedade no Código Civil e a concepção "finalista" que vemos caminhar através, por um lado, do pensamento filosófico e, por outro, da evolução do direito positivo, na qual se inscreve a lei Galley.

3. Enfim, o autor deplora que o legislador tenha se contentado com uma "simples lei de urbanismo, evitando tocar no bronze do Código Civil".

Em suma, o artigo é construído como uma *dissertação*.

QUARTO MOMENTO: LEVANTAMENTO DOS INTERESSES DO TEXTO

Além de seu rico teor cultural, o texto oferece ao jurista matéria de reflexão sobre os aspectos ao mesmo tempo técnicos e filosóficos do direito de propriedade.

1. *Qualificação do pagamento exigido do proprietário do solo no caso de exceder o P.L.D.*

– tese de J.-P. GILLI: "Obrigá-lo a pagar a partir de agora à coletividade o preço do terreno correspondente aos metros quadrados de área construída além do P.L.D. é exatamente forçá-lo a *comprar* um direito que por definição ele já não possui."

Sob essa perspectiva, o pagamento aparece como o preço da compra de um direito de construir.

– tese criticada por J.-P. GILLI: "Nada além, dirão, de uma taxa suplementar imposta por ocasião da construção; nada além de uma simples *fiscalização do direito de construir.*"

N. B. Essa tese se apóia notadamente sobre os seguintes argumentos de texto:

• O artigo 552 do Código Civil decide que "a propriedade do solo compreende a propriedade acima e abaixo do solo".

• O artigo L. 112-1 (devido à lei Galley) do

Código de Urbanismo modificado dispõe que "o direito de construir está *vinculado* à propriedade do solo. Ele se *exerce* no respeito às disposições legislativas e regulamentares relativas ao uso do solo [...] Além do teto, se é fixado um, o *exercício* do direito de construir depende da coletividade...". Esta só intervém portanto no que concerne ao *exercício* do direito de construir cujo *usufruto* continua a pertencer ao proprietário do solo.

- Os termos do artigo L. 333-2 (devido à lei Galley) do Código de Urbanismo, "o montante do pagamento [...] deve ser feito à *receita dos impostos* da situação dos bens em duas frações iguais".

2. *Concepções do direito de propriedade*

– tese "individualista": "A propriedade é o direito de usufruir e de dispor das coisas da maneira mais *absoluta*, contanto que delas não se faça um uso proibido pelas leis e pelos regulamentos" (art. 544, C. Civ.).

– tese "finalista": "Justificando o direito sobre a coisa por sua função social, ela vincula o fundamento da propriedade à consideração de seu uso, o qual deve contribuir para o bem-estar da coletividade" (J.-P. GILLI).

3. Apreciação do valor da lei Galley

– Críticas feitas por J-P. GILLI
• Críticas secundárias:
a) "A reforma corre um grande risco de não atingir seus objetivos, levando os prefeitos a adensar o centro das cidades para granjear recursos."
b) "As modalidades do teto legal de densidade, instituído pela lei Galley, são em vários aspectos criticáveis, gerando graves desigualdades entre os proprietários, entre as comunas, entre Paris e o resto da França."
• Crítica principal:
A lei Galley seria uma lei timorata e hipócrita (cf. o final do artigo).

– Contra-argumentos (de ordem econômica e social):
• a instituição do teto legal de densidade é uma medida destinada a lutar contra a superdensidade – que traz vários prejuízos – da construção no centro das grandes cidades colocando um freio à especulação imobiliária.
• se a dissuasão não tem efeito, as somas arrecadadas pelas comunas e pelos departamentos poderão servir para o financiamento de sua política de urbanismo.

QUINTO MOMENTO: ELABORAÇÃO DO PLANO DE ANÁLISE

INTRODUÇÃO

**I.
Questões a colocar**

1. Quando, onde, como, para quem? (ver o primeiro momento).
2. O quê? – O título "O direito de propriedade em causa" não é isento de ambigüidade. Pode ser compreendido de duas maneiras que, aliás, não são absolutamente excludentes: o autor do artigo denuncia uma *mutilação* do direito de propriedade do solo e/ou anuncia que ele convida a *redefinir* o direito de propriedade.

**II.
Justificação do plano**

Um plano linear seria bastante difícil de realizar aqui pelo fato de o autor ter inserido uma reflexão geral sobre a *política legislativa* (ver a construção lógica) entre dois desenvolvimentos de caráter *técnico*. Por outro lado, um plano temático permite proceder aos agrupamentos desejáveis utilizando como material os interesses do texto tais como eles foram delineados no quarto momento.

PRIMEIRA PARTE

PONTO DE VISTA SOBRE A TÉCNICA DA LEI GALLEY

J.-P. GILLI critica o P.L.D. e lamenta que a lei Galley seja apenas uma simples lei de urbanismo.

A. Um P.L.D. imperfeito:
1. Quanto às "modalidades do teto legal de densidade" (ver quarto momento, 3, críticas secundárias).
2. Quanto ao risco ligado à atribuição à comuna e ao departamento das somas pagas (ver quarto momento, 3, críticas secundárias e 2º contra-argumento).

B. Uma "simples lei de urbanismo".
1. "É perigoso"
2. "É uma pena"
$\left\{ \begin{array}{l} \text{ver terceiro momento,} \\ \text{III, 3, e quarto momento,} \\ \text{crítica principal.} \end{array} \right.$

SEGUNDA PARTE

PONTO DE VISTA SOBRE A POLÍTICA DA LEI GALLEY

O autor considera que a lei Galley é um novo ataque à concepção individualista do direito de propriedade e vê com benevolência, nessa lei, uma confirmação da concepção finalista do direito de propriedade.

A. Um novo ataque à concepção individual do direito de propriedade (ver terceiro momento, III, 1, e quarto momento, 1 e 2).

B. Uma confirmação da concepção finalista do direito de propriedade (ver terceiro momento, III, 2, e quarto momento, 2).

Impressão e acabamento
Cromosete
GRÁFICA E EDITORA LTDA.
Rua Uhland, 307 - Vila Ema
Cep: 03283-000 - São Paulo - SP
Tel/Fax: 011 6104-1176